消失的罪行

武士零 著

新 星 出 版 社　NEW STAR PRESS

目 录

1	朝露
57	洪灾
105	深渊
147	天人
207	夜幕

朝露　————

1

深夜，宁城中学的操场灯火通明，为了满足全校师生多年的诉求，校方终于决定在操场上建一座九十米长的正规球场。校运会前夜，工地仍在如火如荼地施工，不知不觉，月亮被乌云挡住，天要有雨。

刹那间，雨水从天空泼洒下来，在明黄色的挖掘机旁，还有一台稍小些的推土机，为挖掘工作进行收尾。宁城中学的操场上原本有一棵八十岁的广玉兰，此刻也躺在操场的正中，在黑黢黢的夜里，像一具巨人的尸体。

广玉兰的根扎得极深，用挖掘机的话恐怕伤到根骨，虽然有些麻烦，也只好让民工用铲子之类的工具将它们一根根挖出。瓢泼大雨下，几位顶着头灯的民工在深坑中艰难地作业。

挖掘根须的工作眼看着到了尾声，几位工人正打算往坑外爬。忽然，坑底处传来一声惊呼，发出声音的人回头求助般地看向几位工友，脸色煞白，浑身筛糠似的抖动。人们看向他手指的方向，在地上的铲子旁，泥土中伸出一只白骨手掌，指尖朝着他们所在的方向，就像在发出某种信号——可惜没有人能接收到了。

广玉兰静静躺在尸体旁边，它无声地见证了这一切。而此刻，它粗大的枝干和上面挂满的乳黄色花朵也显得格外瘆人，或许正是因为吸取了尸体的养分，树木才能生长得如此壮实吧。

二十分钟后,市刑警队的警车来到现场。吴仕岚从车上走下,暴雨将他的花格子伞打得啪啪作响,伞骨发出阵阵哀鸣。他从一场深度睡眠中被唤醒,没有抱怨这是刑警的宿命。他刚掏出一支烟,就被一阵斜刮来的雨水打得透湿。

在吴仕岚的要求下,民工们再次不情不愿地开始挖掘。一具尸体逐渐拼凑成形,从骨架形状初步判断,这是一具成年男子的尸体,骨骸躺在一张临时铺设的塑料布上,勉强能看出人形。法医遗憾地表示,即使将它带回实验室进行全面分析,也很难得到更多信息。

尸体早已过了腐烂阶段,身体上找不出一丝肌肉组织。按照风化程度来看,死亡时间至少在十五年以上。吴仕岚很快意识到,这将成为案子中最大的难题。自杀?谋杀?如果连尸体的身份都不能确认,又如何展开下一步工作呢?

事发后第三天,宁城晚报上刊登了一则启事。宁城中学操场中挖掘出一具尸体,死者是年龄在三十五岁左右的成年男子,按照风化程度往前推算,死亡时间约十五至二十年之间。也就是说,警方在寻找一个一九九八年到二〇〇三年间失踪的男人,身份不明。

骨骸上和周围的土壤里都没有找到死者生前的衣物。

无论警方最终能不能得到有用的线索,"学校操场施工时挖出二十年前的尸体"都成了网络上的热门话题。整整两个礼拜的时间里,所有网友都在寻找那个男人。

当然,两个礼拜之后,网友们便把这件事忘了。这也是常有的事。

2

一九九九年,宁城。

宁城中学旁的教师宿舍小区中,有一座坐南朝北的楼房。楼房底部的裁缝间中摆放着两张单人床,墙上虽然糊着一些旧报纸,但也经不住屋子的潮气,每一张都泛着苔绿。裁缝间是王鹏和母亲的住处,母亲托了好几个亲戚才找到这里,月租五十元,是她一周的工资。

两张床中间架着一张伸缩塑料桌,桌子上摆着三个碗:两个鸡蛋,一碗白粥,两根油条。王鹏洗漱完,在桌子前的矮凳上坐下。他故意吃剩了一些,这是留给母亲的,他知道母亲舍不得买早点。

"怎么又剩这么多?"在一旁搓洗衣服的母亲皱起眉头,"正是长身体的时候,肚子吃不饱,脑子也不好用的。"

"真的吃不下了,妈。"王鹏从床上拉起书包,低下头,他没有正视母亲的目光。从他撞见母亲吃他剩下的食物之后,"浪费"便成了他的习惯。

"好好读书,听老师话。"

"嗯。"王鹏从裁缝间走到外面,空气也变得新鲜起来。裁缝间里总是一股霉味,天花板低低地压下来,逼得人喘不上气。

洗过衣服后,母亲就要去家政公司报到了。为了维持生活,她只好去做服侍别人的事情,这令王鹏感到羞辱。有一次,他亲眼看到母亲在电话中被业主骂作小偷,只因为他家里少了几个苹果,每次想到这件事,王鹏都感觉有什么东西在重重捶打自己的心脏。

他是父母倾全家之力送进城里读书的希望,虽然母亲从来没有提起，他也能从她的目光中感受到那种殷切的期盼。来到城里，他像是一只过了河的卒子，从此没了退路，只能往前冲。

转到宁城中学之后，原本在乡镇中学名列前茅的王鹏变成了垫底生。不仅如此，王鹏更加深刻地感受到了城里孩子和自己的区别，他们衣着光鲜亮丽，讨论的是最流行的明星歌曲，似乎不用操心任何事情。而自己，生活在他们中间，就像格格不入的异类。

第一堂是语文课，不知怎地，他今天状态有些不好，压根儿听不进老师讲的内容，讲台上的男人喊了三次，他才意识到被点名的人是自己。

他站起来，回想着老师的问题，同学们哄笑起来，老师示意大家安静。"请问文中的奥楚蔑洛夫为什么要脱掉大衣？这个细节描写的作用是什么？"

他愣了半晌，嘲笑钻进耳朵，让他的脑子愈加涨痛。他看了看语文书上的标题，契诃夫的《变色龙》。这篇课文他预习过，他知道答案。

老师不厌其烦地制止同学们起哄，微笑着等待他的答案。他打算开口，却又被一个恐怖的念头攥住：他的普通话带着浓厚的农村口音，说一两句还好，如果完整地回答问题，无疑又会遭到新一轮的嘲笑。

"老师，我不知道。"他撕扯着书本的边角，只希望将这一刻从他的生命中删除。

第二堂自习课后，课代表白霜跑来告诉他，语文老师让他去实践教室。这个女孩长得漂亮，一双杏仁似的眼睛水汪汪的，身上的连衣裙每天都是不同的颜色。他低着头说"嗯",别扭地从椅子上直起身子,生怕撞上女孩的视线。

王老师特意在实践教室约谈王鹏,因为他知道王鹏不愿意在人多嘴杂的办公室中和他谈话。王鹏并不为此而心存感激,王老师对他的怜悯越多,他越不自在。

转学时,王老师一眼就看出了自己的特别之处。他不仅常常和自己私下谈话,更跑到那个蚁穴般的裁缝间里去慰问母亲。他来家访的时候,手上要么提着一些新鲜蔬菜,要么提着一些从家里带来的课外书。每次看到母亲热泪盈眶地握着他的手,王鹏都会感到愤怒。

上位者对下位者施以怜悯,然后以对方感恩戴德的表情作为回报,在施恩的过程中享受着权力和伪善的快感,这就是这件事的性质。可是自己为什么就是下位者呢?为什么非要和别人与众不同呢?王鹏想着这些乱七八糟的事情,走进教室。

和上课时不同,王老师没有戴着那副金丝眼镜,这让他显得更年轻一些。他招呼王鹏在自己身边坐下,一副亲切的样子。

"你知道那个问题的答案,为什么不在课堂上说出来呢?"又来了,这老师慧眼如炬。

"我不知道。"

"好吧,我今天叫你来,其实也不是为了这个。之前我给你提过的事,你考虑过了吗?"

王老师建议王鹏加入朝露诗社。朝露诗社是王老师亲自指导的兴趣小组,每天放学以后,他都会在这个教室中给大家讲诗。王鹏知道他为什么邀请自己,他只是想让自己交几个朋友,从这个活动中获得一点可笑的自信。

"王老师,我仔细考虑过,下个学期就要中考了,我的成绩不好,所以想把时间都花在学习上。"他犹豫了一下说,"况且,我也不懂诗。"

"我看过你上周交的作文,那就是一首诗!我认为你有天赋,那句'一无所有的人没有故乡'就特别有力量。况且,学习诗歌也不一定非要成为诗人嘛,陶冶情操对你也是好事,"王老师恳切地望着他,"要不再考虑一下?"

"老师,还是不了。"

下午五点放学后,到晚自习开始的七点之间,是兴趣小组的活动时间。王鹏在座位上吃完母亲送来的饭,咸菜上盖着几块煎过的米粉肉,他的饭里总是有肉。眼看着教室里没几个人了,他将饭盒收进书包。

下一层楼右拐,尽头最后一间教室是他的目的地。他溜着墙根儿,做贼似的跑到教室后面,透过半掩的木窗,听到王老师洪亮的声音:

> 去吧!月下的荒野是如此幽暗,
> 流云已吞没了黄昏最后的余晖。
> 去吧!晚风很快要把夜雾聚敛,
> 天庭的银光就要被午夜所遮黑。

随着王老师的声调渐扬,他靠着墙缓缓蹲下,闭上眼睛。他不知道这是谁的诗,但当他闭上双眼,他能看到那一切,无垠的荒野下流淌着的云和月，美丽的画面震撼着他的心灵。

就像孙悟空蹲在菩提老祖的墙下，他如痴如醉地汲取着对方的知识。他从未加入朝露诗社，因为他知道穷孩子没有资格参与学习之外的活动，这会让母亲失望。但他无法遏制自己对诗歌的迷恋，所以才会在作文中写了一首大胆的十四行诗。

坐在里面的几个孩子，和他不是同一个世界的人。他们有资格享受诗歌。诗歌是与现实没有瓜葛的东西，只有衣食无忧的人才配享用，而他不行，他的任务是学习，不停地学习，用学习来改变全家的命运。他承认自己羡慕他们。

过了许久，王老师讲诗的声音渐息，教室里传来几个稚嫩的声音。再过一会儿他们就要出来了，王鹏悄悄从地上爬起，经过教室门的那一刻，他看见墙上贴着一张红纸，上面用毛笔写着几行字。

朝露诗社成员表：
白霜
柳登科
张擎
欧阳辉
欲加入本社的同学请联系初三一班的王江风老师。

3

二〇一八年，缅甸，仰光。

张擎接到警察局的电话时，正在会议室察看财务报表，周围一片愁云惨雾，每个人都挂着一脸苦相。自从新型白斑病毒在湄公河地区肆虐以来，短短一个季度，五个养殖场中的沼虾尽数死绝。

罗氏沼虾在西方国家大火后，张擎将旗下所有养殖区的罗非鱼都换成了沼虾，这个大胆的举动让他一跃成为仰光地区屈指可数的富商，可谁也没料到，一场突如其来的疫情，让曾经日进斗金的业务线成了公司最大的难题。资金链像是一根日益绷紧的弓弦，每个管理人员都能听见纤维破裂的声音。

他与同事打了招呼，走出会议室。不用多想，一定是儿子闯下的祸。他接起电话，听筒中传来缅甸警察急促的方言。他叹了口气，比起公司的问题，儿子对他来说更像一道过不去的坎。

和妻子离婚后，张擎独自带着儿子在仰光生活，他自幼丧父，本就不知道如何去教育一个青春期少年，更何况公司业务太忙，他几乎没有与儿子相处的时间。

现在想想，那个整天缠着自己买玩具的小胖墩，似乎一夜之间就变成了陌生的刺儿头，别说像以前一样交流，和自己多说两句话就像是要了他的命。说起来，他也很久没有叫过"爸爸"了。

走出写字楼，张擎松开领口，九月的缅甸就像桑拿房，尽管只穿了一件衬衫，离开空调的瞬间身体就开始出汗。银灰色的S600L停在门口，司机为他拉开车门。他坐上车，冷气激得他打了个哆嗦，想起接下来要面对的事情，他竟有些慌乱。

每当这种时候，他都会想起那个男人。

梅赛德斯在警察局门口停下，张擎没来得及走进这座建筑，就被一个黑猴子缠住，这里每个人都像黑猴子。他认识这个人，这个片区的警察局局长吴波。缅甸人有名无姓，"吴"指的是成年男子，"波"是对警察的尊称。

张擎会心一笑，给司机使了个眼色，司机从公文包里拿出一只信封，塞进吴波手中。猴子脸上的笑容堆得更满了。吴波领着张擎走进一间开着冷气的办公室，儿子张健跷着二郎腿坐在沙发上，他的老师站在一旁，角落里有个畏畏缩缩的少年，看起来像本地人。

"站起来，"看着儿子一头五颜六色的脏辫，他心头涌起一股无名怒火，"像什么话！"

张健"啧"了一声，从沙发上拧拧巴巴地站起。

"别生气，孩子还小，我看也不是他的错，一定是别人怂恿的。"吴波操着一口蹩脚的汉语，招呼张擎坐下。

张健就读于本地最好的私立中学，包括他的班主任陈老师在内，这里的老师大都是中国人，都是从国内重金聘来的。在异国待久了，张擎对同胞有种炽热的亲切感。

"陈老师，我儿子又闯什么祸了？"张擎瞟了一眼张健，他仰着头，一脸无所谓的表情。

陈老师不到三十岁，是个文质彬彬的年轻人，说话慢慢悠悠的，带着文人特有的书卷气，也正因为这一点，张擎格外尊重他。陈老师用英语对墙角的孩子说了句什么，便在沙发上坐下。"事情是这样的，张总。今天班上有位同学的手机丢了，是苹果手机，价值不菲……"

"我差你零花钱了吗？"张擎对儿子大声喊道，每次面对儿子，他都压不住火。

"张总，您先听我说完。"陈老师说，"事发后，我马上找同学们了解情况，张健……和另外几个孩子告诉我，这部手机是那个孩子偷的。"

张擎这才仔细观察角落里的孩子，他比儿子瘦小，脑袋埋在胸前，裸露在背心外面的皮肤上有几块瘀青，都是刚刚留下的。他的肩膀微微抖动，和大摇大摆的儿子不同，这孩子很害怕。

"于是，警察就把他带到了局里……"陈老师的语气里透着不忍，"我觉得这事可能有些蹊跷，警察走后，一个孩子悄悄告诉我，偷手机的其实是张健和他的那几个朋友，这是一个恶作剧。我搜查了他们的书包，最后在张健的书包里找到了那部手机。"

听到这里，张擎像是被浇了一盆冷水，心头的怒火竟忽然消失了，取而代之的是一种更加复杂的情绪。他感觉喉咙有些干，想要说些什么，却不知如何开口。以往，他总觉得儿子只是叛逆而已，过几年就好了，可眼前的这个人，还算得上一个好孩子吗？

他伤害别人，仅仅是为了取乐。

张擎走到张健跟前。儿子似乎有些害怕，大抵是因为他所预想的疾风骤雨并没有降临到自己头上，父亲正在以一种从未流露过的眼神审视着自己。

张擎仰视着儿子，他比自己高了半头。"做什么坏事都可以，破坏规则也可以，你知道爸爸会帮你摆平的，对吧？"

张健不置可否。

"但是有的事,你不可以做,爸爸能够接受你是个叛逆的孩子,但不能接受你是个不正直的人。"张擎的声音温柔低沉,"有的事不可以做,那可能会让你抱憾终生。去,给人家道歉,说你错了。"

张健一动不动。

所有人都来不及做出反应,张擎从背后抓起一张木质的高脚凳子,狠狠劈在儿子头上。

陈老师发出一声惊呼,吴波茫然地呆立原地,就连那个站在角落的孩子,也头一次抬起脑袋。

张健躺在地板上,用手紧紧捂着额头,口中不断发出痛苦的哀鸣。鲜血从他的指缝中渗出。张擎将凳子残骸丢到一边,走到角落的孩子跟前,躬下腰,低声道歉。

张擎吩咐司机将儿子送去医院,自己顺着椰树下的小径一路走回公司。空气中夹着海风的咸气,抡凳子的那只胳膊隐隐作痛。他久违地点起一支烟,每当这种时候,他都会想起那个男人。

4

车厢入口处,原本定格在350km/h的时速逐渐下降,透过车窗朝外看,流动的田野被水泥建筑取代。

"你手上有十个簸箕,这是难得的富贵相。另外你看这颗痣,它长在手掌正中心,这象征你命中有一段注定的姻缘。"吴仕岚搓弄着女孩的手，前排座椅上探出几个好奇的脑袋。

"唔，是吗？那这姻缘什么时候才能来啊？"女孩似乎信了他的话，嬉笑着把另一只手递了上来。他们坐在三个位置的座席两端，两双手横穿过坐在中间的大叔，大叔皱着眉头，不知是在嫉妒还是生气。

扬声器恰好播报出到站的提示，吴仕岚将脖子上的睡眠枕摘下，结束五个小时的旅程。女孩看他要下车了，连忙攥住他的手说："还没说完呢，加个微信吧？"

吴仕岚将手机递给女孩。

走出高铁站，一位愁眉苦脸的年轻警官正在出站口等候，难怪这小伙子心情不悦，在休息日被委派给外地来的同事开车，任谁接到这种活儿也开心不起来。和他一样，临时出差的吴仕岚也心情不佳。

凶杀案发生在距宁城一千千米的海滨城市。死者的户籍在宁城，另外考虑到案发现场的特殊性，当地刑警通知了宁城警局，吴仕岚被派来参加调查。

警车沿着海岸线一路行驶，吴仕岚好奇地看着窗外的海滨景色。一旁的警官哈欠连天，吴仕岚害怕对方疲劳驾驶，便与他攀谈起来。

"死者的社交关系调查过了吗？有没有什么值得注意的地方？"

小伙子接过他递来的烟说："这个叫欧阳辉的，是个怪人。他从外地来，独自居住在一个廉租房小区里，一把年纪了还靠着给人送外卖生活。他几乎没有什么朋友，家人都在宁城，跑来我们这儿干吗？还有，你猜怎么着？我们排查过，他身边没有一个人具备嫌疑和动机，他虽然不擅长社交，但是性格温和，也没有什么仇家可言。"

"对。"吴仕岚挠了挠脑袋，"我们那边得出的也是这个结果，他平常很少和家乡的人联系，几个称得上有关联的人，在案发时都老老实实待在本地。"

"如果没有那个东西，我真怀疑这是无差别杀人。"

无差别杀人是最难侦破的一类案件。一个人来到一个地方，随机杀掉一个和自己没有任何关系的人，整个过程中所有的因素都是随机的，没有动机，没有关联，无法从关系人中排查出有价值的线索，只能寄希望于物证。可如果这东西存在的话，吴仕岚也不必跑这一趟。

警车从一个路口离开海岸，穿过三条街，拐进一个菜市场。穿过菜市场，几栋烟灰色的小高层便是欧阳辉租住的地方。警车吸引了人们的注意，看来谋杀案的余热尚未平息。

脏兮兮的电梯里贴满广告，吴仕岚随手撕下一张印着比基尼美女的海报。"这你们得管管啊。"

小伙子撇了撇嘴，不好意思地笑笑。

"这事一出，上下三层的租户跑了一半。"警官走出电梯，从兜里掏出一把钥匙，打开面前的防盗门。空气中弥漫着一股铁锈的气味，是血的味道。

吴仕岚驻足观察防盗门，原本应该装着猫眼的地方只剩下空洞。凶手用一根弯曲的钢管从猫眼处伸进去，不费吹灰之力就拧开了门锁。不是技术活，但很少有人意识到，打开那些看起来牢固无比的防盗门，压根儿不需要什么高超的技术。

屋子不大，一室一厅，吴仕岚走进卧室，观察起室内的情况。被褥上浸满血液，天花板和墙壁上也布满溅射状血渍，这和案件卷宗上说的肱动脉出血一致。肱动脉的位置在腋下，是人体血液流量最大的动脉之一，刺伤后仅需半分钟，伤者就会因失血过多而毙命。

没有打斗痕迹，一刀，仅仅一刀，就刺中了肱动脉。

吴仕岚让小伙子在床沿上坐下，模仿当时的情况。小伙子看了看血迹斑斑的被褥，又拗不过吴仕岚的请求，只好坐下。吴仕岚退出房间，再从外面走进来。

"没有搏斗痕迹，但也不能就此认定是熟人作案。凶手通过猫眼撬开锁后，径直走向房间。"吴仕岚走向小伙子，手中比画着，"他使用一把匕首，精准地从正面刺中死者腋下，接着快速后退几步，避免喷射而出的血液溅到自己身上，并且观察着对方死去的过程。"

年轻警官捂住自己的腋下。

"他练过，如果排除运气成分，很少有人能够一刀刺中这个位置。"吴仕岚说，"半分钟之后，他走向死者，从兜里抓出一只狼毫笔，去蘸死者身下的鲜血……"

吴仕岚转过身，墙壁上赫然写着一行潦草的血字：代替另一个被杀害的人。

这行字就是整个案件中最令人迷惑的地方，凶手杀死被害者之后，在墙上留下了一个没头没尾的句子。代替是指什么，另一个被杀害的人又是谁？难道凶手的动机是为了复仇，之前还存在别的死者？

吴仕岚不合时宜地想起那篇著名的《血字的研究》，可惜真实世界里没有福尔摩斯，也没有那么好破的案子。破案只能靠摸爬滚打，有时候还得仰仗一点瞎猫撞上死耗子的运气。

"称不上书法，是个人就能写。"年轻警官说。

"目击者？"

"凶手的作案时间是凌晨四点到五点之间，恰好卡在欧阳辉下夜班的时间。别说没人看见，就是看见了恐怕也没人留意，这里居住的大多是流动人口，谁看谁都是陌生人。"

"购买毛笔的渠道呢？相关店铺有没有线索？"

同事再次摇头。

吴仕岚下意识地从屁股兜里掏出皱巴巴的案件卷宗，再一次阅读上面的内容：欧阳辉，三十六岁，初中学历。曾就读于宁城中学，高二辍学后，辗转多地务工……

5

轮休日，吴仕岚总算得以从两桩案子中抽身出来。那起诡异的血字杀人案且不提，光说在宁城中学操场发现的无名尸就够他受的了。二十世纪九十年代的人口流动性太大，户籍政策也不如今天完善，通过统计和群众线索得到的匹配失踪人口竟然多达一百余个。

但不能不查，尸体被埋在学校操场，怎么看都像是凶杀案。而最令人好奇的是凶手埋尸的手段，学校是公众场所，将尸体在这里埋下而不惊动任何人,他是如何做到的?他为什么要将尸体埋在广玉兰的根须里,这充满仪式感的做法象征着什么?

吴仕岚从冰箱里拿出啤酒和鸡蛋,桌上放着昨天从卤食店买的猪舌,再煮上一碗方便面,好歹也算顿饭。他刚打开燃气灶,客厅里的手机就响了,屏幕上显示着"表叔"。他拍了拍脑袋,这才想起今天约了人。

王鹏大他十岁,是父亲的远房表弟,在宁城经营着一家土建公司。原本是八竿子打不着的亲戚,半年前,吴仕岚参与家族祠堂祭祖,在仪式后的宴席上认识了这位表叔。两人一见如故,把三瓶白酒喝了个底朝天,成了忘年交。

那之后,吴仕岚便和王鹏有了来往。王鹏虽然身家亿万,却是个难得的儒商,一本大学毕业,身上没有令人生厌的暴发户气质。他见多识广,博览群书,经文典故信手拈来。吴仕岚放下电话时忽然想到,如果将血字的事情告诉对方,或许能得到一些有用的建议。

吴仕岚和王鹏约见的地点在一家主打"禅意"元素的茶楼,他将喘着粗气的伊兰特停在王鹏的G500旁边,垂涎三尺地摸了摸邻车光洁的漆面,径直往楼上走去。服务员说,王总在"明镜"包厢等他。

包厢的设计对应着它的名字,两扇巨大的落地铜镜取代了墙面,吴仕岚在王鹏对面的树根凳上坐下,看着自己在两面镜子里投出的千百倒影,感觉有些不自在。王鹏边替他斟茶边说:"见天地,见众生,见自己。见自己是人生的最高境界,多照照镜子,说不定心境也会明朗一些。"

王鹏的年纪在三十五岁上下，保养得极好，与二十六岁的吴仕岚像是同龄人。

"我可不像你，没那么高觉悟。"吴仕岚用食指在桌上叩叩，端起茶杯，一饮而尽。茶是一万元一斤的金骏眉，他尝不出滋味，只觉得越喝越渴。

"陶冶情操也是好的……"话说到一半，王鹏忽然一怔，似乎想起了什么。

"怎么了？"

"没事，看你这火急火燎的，是不是遇到了什么难题？"王鹏笑道，"具体内容可以不用告诉我，我可不想你犯错误。"

"也没什么不能说的，"吴仕岚说，"'代替另一个被杀害的人'，这句话能不能让你想起什么？"

王鹏眯起眼睛思索一阵。"是北岛的诗。"

"北岛？诗？"

"《献给遇罗克》中的，'我，站在这里，代替另一个被杀害的人，没有别的选择……'"

这就是瞎猫撞上死耗子了。吴仕岚眼前一亮，毫不犹豫地把整个案子的来龙去脉和盘托出。说完以后，他殷切地望着王鹏问："你想到了什么？我正愁呢。"

"你以为我是福尔摩斯啊？我知道的也仅限于这首诗而已。从内容上来看，你这个案子也很难和这首诗的主旨产生什么联系，这首诗表述的东西太宏观了。"王鹏说，"不过，倒是有另一件事让我很在意。"

"什么？"

"你忘了，我也是宁城中学毕业的。你说的这个欧阳辉，恰好是我初中同学。"

"这么巧？"

"没太多交集就是了，"王鹏唏嘘道，"没想到啊，十八年不见，他竟然这样莫名其妙地死在他乡……我现在闭上眼睛，都还能想起他当时的模样，瘦瘦高高的，打篮球很厉害。"王鹏话锋一转，"说到诗，我想起一件事情，不知道和这个案子有没有关联。"

"现在这个节骨眼上，你说什么都可能是破案的关键。"吴仕岚拿出笔记本，将"献给遇罗克"几个字写在纸上，他不能放过任何一条线索。

"二十年前，宁城中学开始搞教学改革，成立了很多兴趣小组，欧阳辉参与了一个叫作'朝露诗社'的社团。他们肯定是讲过北岛的，他是那年头声名最盛的诗人之一。"

二十年前的诗歌社团、似曾相识的北岛的诗……吴仕岚皱眉思索着，隐约感觉这些事情之间存在着某种关联，一条模糊的线躺在被案情遮掩的深水区，只要提起它，就能看见一切。

不管怎么样，原本如同无根浮木的案情第一次出现了可能的转机，他追问道："这个社团中有几个成员，你还记得他们的名字吗？"

"欧阳辉、白霜……这是个女孩，长得很好看。"王鹏叹了口气，"抱歉，我实在想不起来了。"

"果然漂亮的初中女生才能让人印象深刻啊。"吴仕岚嘟囔道，"对了，社团一般都有指导老师吧，我上学时是这样的。"

"有。"王鹏提起茶杯，宽松的夹克袖子挡住了他的表情，"是我们的语文老师，他叫王江风。"

如果能找到这个王江风的话，说不定他能告诉我些什么。吴仕岚想，无论什么也好。

"找不到了。"王鹏转过头，看向镜中的自己。

"为什么？"

"你应该可以在过去的案件卷宗里找到这个人，他应该还在被通缉中。十八年前，他犯了罪。"

"你的语文老师是个通缉犯？"吴仕岚有些蒙了。

"中考后的暑假，我在农村的家里听说了这件事情。"王鹏的语调低沉，"宁城中学是初高中联合办学，所以初中时成立的社团，并不会在升高中以后废止。那年的暑假，依然有一些兴趣小组在学校里活动，其中就包括朝露诗社。

"据说，那是在一个夜晚发生的事情，朝露诗社的成员白霜被王江风留下来单独指导，就在活动教室中，王江风强奸了她。王江风原以为，白霜只是个孩子，简单威胁几句，她就不会将这件事告诉别人。但他没有想到的是，一周后，白霜将这件事告诉了父母。

"当时有个说法，据说白霜并没有拿出实质性的证据，所以王江风在看守所里关了一阵，就被暂时放了回去。也许是知道自己逃不过警方的调查，不久后，他就从宁城消失了，再也没有人见过他。"

吴仕岚若有所思地点点头，受害人是个未成年人，没有保留证据的观念，而且在事发一周以后才报案，精斑之类的关键证据很可能早已消失。

"王江风潜逃后不久,警方终于得到了关键证据。原来,在王江风强奸白霜的那个夜晚,朝露诗社的其他几个男孩并没有回家,他们躲在教室外的墙根下,目睹了整个过程,出于害怕,他们当时并没有将这件事告诉其他人。而王江风既已潜逃,他们也不必担心老师的报复了。"

"所以,这条唯一的线索也断了。"吴仕岚苦笑道,"没想到这个学校的故事还挺多。"

"而且这事还没完。在王江风的罪行被敲定以后,通过几个男孩的证词,另一名嫌疑人也被逮捕了。"

"他还有共犯?"

"是同年级的另一位老师,那天晚上,他也参与了强奸。这个人倒是活着,他被判了二十六年,现在应该还在宁城监狱吧。"

"这就有点奇怪了。"吴仕岚说,"白霜在一开始指认的嫌疑人只有王江风一人,另一个人是怎么回事呢?如果她从一开始就豁出去了,为什么只说出一个人的名字?"

"那我就不知道了。不过,另一位老师是年级的教导主任,也许是迫于他的淫威,不敢将他供出来也不一定。另一方面,据说他只是从犯,做得没有王江风那么过分。"

"就算用这个理由去解释,也很难让人觉得正常啊。"吴仕岚咬着笔帽。既然从犯被定罪了,那说明白霜也出面指认了对方,而他被逮捕的理由却是几个男孩的举报。事件的每个环节拆开看都合情合理,但合在一起,就像一台咔咔作响的机械,不知是哪只齿轮出了问题,让整体运转不畅。

十八年前的强奸案引起了吴仕岚的好奇，虽然王江风早已失踪，而这个叫叶晟的人还在狱中。他忽然想起那位狱警朋友，或许应该咨询一下他的意见。

"好了，王江风的故事到此为止。难得讲这些过去的事情，搞得我都有些伤感了。"似乎是为了将怀旧的扭捏一笔带过，王鹏哈哈大笑。

"我还有个问题想问你。王江风……他是怎样的人呢？"

"他啊，"王鹏眯起眼睛，看着茶几上的石蟾，它因茶水的浸润而油光发亮。"就像你听到的，一个通缉犯，强奸学生的人渣。"

6

张擎在位于别墅区的家中醒来，后脑处似乎有根筋堵上了，揪得脑子生疼。这是宿醉的后遗症。他走到落地窗前，室外是被绿植环绕的庭院，一座孤零零的遮阳棚立在院子中间，显得有些落寞。

这套净面积五百平方米的别墅是他五年前买下的，那时他还和妻子在一起，张健还是个聪明伶俐的孩子，妻子为他学做中国菜，他们在遮阳棚下共进午餐，一切看起来都是那么美好。

他胡乱洗了把脸，喝了几口凉水，总算精神了一些。儿子还在医院里，他也不知道自己当时为什么要下那么重的手，明明只是个孩子。经过这件事以后，他和儿子的关系想必又会疏远一些。

在车库里随手取了一把钥匙,他坐上一辆墨绿色的揽胜。他忽然想起,这是儿子最喜欢的车。要不就当作礼物,把这辆车送给儿子吧?这样的念头一闪而过,转而他自嘲地想,自己果然是个失败的父亲。正因为他没有底线的惯纵,儿子才会变成今天这个样子。

从小区出来,过了市中心的繁华路段,路边的高楼大厦渐渐变得稀疏,行人却多了起来。驶入玉石市场,嘈杂的叫卖和还价声协同共奏,张擎拍打着喇叭驱赶堵在过道上的行人,回想着十年前的事。

那时,他刚从泰国迁居至仰光,为了寻找合适的投资项目,他奔波于缅甸各地,自然也包括这座缅甸最大的玉石市场。这里出售的一般都是翡翠原石,买家购买原石后,在现场开皮,能不能开出翡翠全靠运气和眼力,所以也叫赌石。

内行看门道,外行看热闹,他当时对翡翠一知半解,只好在市场中到处闲逛。走到市场一处偏僻的角落时,他忽然发现一块石头。

那块石头约有足球大小,在顶上开了一层天窗,里面的玉肉透着翡绿。老板躺在摊位后的一张太师椅上,挥着扇子驱赶苍蝇,似乎没有起身迎客的意思。他尝试着抱起原石,老板瞟了他一眼。他拿出新买的手电筒,学着刚才看到过的姿势,照葫芦画瓢地在石头上映起来。

用手电去照石头,是用翡翠的透光效应去观察里面玉肉的深度。有的石头开了口,看起来有玉,其实打开后只能取出一层玉皮,这种时候就得凭眼力。他把电筒贴在肉面上,眯起眼睛看,不由得发出一声轻呼。

光线径直透入原石内部,从这个口子来看,小半块石头都泛着绿水。他故作镇定地将电筒收入怀中,心想这是捡着漏了。"老板,这块石头怎么卖?"他指向另一块稍大些的石头。

"五十万美金。"老板有气无力地回答道。他"哦"了一声,又问起另一块石头,如此接二连三,直到老板有些不耐烦了,他重新拿起最初的那块石头。"都太贵了,这块怎么卖。"

"这块三十万美金,"老板加重声音,"你要是不想买,就别在这儿晃了吧。"

张擎又和老板还了好几轮价,最终将价格定在二十二万美金,老板从桌子底下取出 pos 机,他刚准备把卡拿出来,后面有人拍了拍自己的肩膀。他回过头,是个国人面孔,四十来岁。

奇怪的是,那人看见张擎转过头,忽然愣住了,像是看见了什么令他难以置信的东西。眼看他直勾勾地盯着自己,张擎有些纳闷,难道他认识自己?过了一会儿,那人似乎反应过来:"你怎么跑到这来了,我找你好久。"他说的是普通话。

"不好意思,你是哪位?"

"吴,这样不好吧。"老板一把丢掉蒲扇,怒气冲冲地看着张擎身边的男人,"做生意也得讲个先来后到。"

"给我个面子,这是我同胞。"男人卸下笑容,"你这样做,就不怕出事吗?万一有人举报,你这摊位可就保不住喽。"

老板的脸色一阵青一阵红,他恨恨地瞪了吴一眼,似乎有些忌惮。"中国佬,你等着。"

吴带张擎来到另一处铺面,这才告知了刚才的内幕。原来那块石头是用染料浸染出来的，专门用来骗他这种外行，是吴的搭救才让他摆脱了骗局。

于是，老吴成了他在缅甸的第一个朋友。

老吴也是来缅甸做生意的外国人，他没有家人，一待就是十年，翡翠生意做得顺风顺水，攒下了一份厚实的家业。张擎不知道他的过去，但对他有一种奇怪的亲切感，似乎很早以前就认识了一样。或许老吴也是这样想的，所以当时才会出手相助吧。

老吴长张擎十岁，为人沉稳温和。和他相处的时候，张擎总能感到一份安定。多年来，虽然从未承认过，但在内心深处，他把老吴当作最亲近的朋友。父亲离开得很早，老吴契合了他对父亲这个角色的所有想象。

每当他遇事不决的时候，总会想到老吴。

老吴今天没有开摊，躺在沙发上喝懒茶，和十年前相比，他依旧浓密的头发中多了些银丝。张擎坐在老吴对面，点起一支烟。

"不是两年前就戒了吗？"老吴的声音和他的为人一样，缓慢而低沉。

张擎叹口气："我怎么就不记得自己当年是什么样了呢？你说青春期的孩子怎么能这么浑？"

"还是小健的事啊。"老吴端起茶盅说，"你得对孩子耐心点儿，别动不动就用暴力解决问题，孩子正是叛逆的时候。"

"他做得太出格了，不揍不行。"

"又怎么了？"

"他在警察面前栽赃同学，害得人家差点儿没被打死。"张擎想到这就来气，"我怎么就生出这么个玩意儿。"

"孩子是会模仿大人行为的，你如果光是说他、揍他，他听不进去。你觉得什么事情是对的，应该示范给他看。"老吴说，"言传身教，后者更重要。"

"那我也没……"张擎忽然怔住了，他想起一件被他刻意遗忘的事情——那件太过久远、就像发生在上辈子的事，霎时明白自己在警察局时的暴怒从何而来，缓声说，"你说得对，孩子会模仿大人的行为。"

老吴看了他一眼，没有接上这个话茬儿："话说回来，你公司那边怎么样了？"

"没事。"

"没事？整条湄公河的养殖业都废了八成！你说实话。"

"我不瞒你，确实有点问题。"

"我猜不是一点吧。"老吴从沙发上站起来，抖了抖身上的汗衫，"正好今天叫你来，也是为了这件事情。"说着，他走进里间，拎出一个黑色旅行包，看起来有几分重量。

"拿去救急。"旅行包重重摔在茶几上。"这里有两百万美金，老头子手里只有现金，你自己去存一下，不急着还我。"

张擎张大嘴巴，他大抵知道老吴的家底，两百万几乎就是老吴的养老钱了。他清了清嗓子说："这钱我不能要。"

"借你的，拿去吧。"老吴忽然笑了，"我这孤家寡人，有这么些钱也没处使啊，你不用担心我。"

张擎没有再次推阻，心里涌上一股暖意。这一刻他暗暗决定,要偿还的不仅是两百万美金,他将陪伴这个日渐衰老的故友老去,把其当作真正的父亲。

7

广玉兰是宁城中学的标志,从建校开始就屹立在操场中央。足球场建成以后,它被移到了行政楼后的花圃中。站在校门口,吴仕岚远远看见广玉兰的树冠压过楼房,就像一朵遮蔽在学校上空的乌云。

保卫科门口站着一位年迈的保安,从发色来看怎么想也超过了退休年龄。看见吴仕岚从侧门走进来,他伸手阻拦:"找谁?"

"警察,来查点事。"吴仕岚掏出证件,老保安的神色缓和下来。上回调查操场埋尸案的时候,他曾与这个保安打过照面,没想到对方这么快就把自己忘了。走过保安身边,吴仕岚脑子里忽然闪过一个念头,停住脚步。

"老叔,您贵姓?"他给保安递上一支烟,保安受宠若惊地接过。在保安眼里,警察是他们职业梦想的金字塔顶,能接到警察的烟,老头自然受用。

"免贵姓刘。"

"刘叔,您在这里干了多久啊?是这儿的老人了吧?"吴仕岚掏出打火机,替保安点上烟。老刘眯起眼睛抽了一口,不无自豪地说:"可不,我二十几岁就在这里当保安了,送走的学生少说也有几十万。三十多年喽!"

"那这地方发生的事,您一定全都知道。"

"忘不了,我记性很好。怎么,你有什么想知道的事?"老刘瞥了吴仕岚一眼,发现对方有求于己,胸膛挺得高了一些。

"十八年前,这里发生了一起强奸案,您还记得吗?"

"那件事,"老刘压低声音,左右望了望,"难道和操场上的尸体有关系?"

"我就是随便问问。"

"记得,怎么可能不记得,这么大的事!"老刘走到校门中间的位置,手里比画着,"那个人当时就是在这个位置,手里举着牌子。"

"谁?"

"叶老师……不对,那个强奸犯。"

叶老师,叶晟?王江风的从犯?吴仕岚追问:"举着牌子?他在干什么?"

"他是后来被带走的,最开始被抓的是另外一个人——我记得是叫王江风。他们俩关系不错,经常一起打球,王江风被抓以后,他在学校里举着牌子抗议了一个星期,也去过公安局,被校领导追回来了。"老刘皱起眉头,苦思冥想着,"对,牌子上写着八个字:吾兄吾友,衔冤负屈。我呸!"他狠狠吐了口唾沫。"当时我还以为他们是铁哥们儿,这王江风的事可能真有点隐情,没想到这家伙也跟他一起干了那事。糟蹋学生,还是人吗?"

时隔十八年,他还能想起王江风的名字,说明这个人给他留下了极深的印象。吴仕岚问,"王江风是个什么样的人呢?"

"衣冠禽兽。"老刘咂巴着嘴,"我听说他以前就经常对女学生动手动脚,只是没被捅出来而已。你说,好好的一个年轻小伙子,怎么会有这种癖好?"

"那在这件事之前,你对他的印象怎么样?"

老刘话锋一转:"如果没这事,谁也想不到他竟然是那种人,知人知面不知心啊。"

"怎么说?"

"九八年那会儿,他还被评为全校的道德模范。我听说啊,他把自己九成的工资都捐给了贫困生,自己一件破袄子穿了一冬,就像只有这一件衣服似的。"老刘感叹道,"也许只是一时被猪油蒙了心吧,年轻人啊,就是不能冲动,走错一步,一辈子就毁了……"

听完老刘的话之后,吴仕岚顺着综合楼前的道路往前走,那种违和感变得越来越强烈。他翻阅过当年的案宗,那年头的物证体系不如今天健全,白霜也并没有拿出实质性证据,仅仅是几块被撕破的衣物碎布和少年的证言,就坐实了两个老师强奸学生的罪名。

一些模糊的推测在脑子里逐渐成形,他摇了摇头,在办完手头的案子之前,他没工夫去琢磨十八年前的强奸案。但诗社和血字很有可能存在联系,这是目前唯一的突破口。

幸好,当年的少年们都提供过强奸案的证言,他在案件卷宗里找到了诗社成员的信息。不巧的是,除了受害者白霜以外,所有人都没有留在宁城,几个男孩像是插上了翅膀,飞得最远的那个去了缅甸。除了已死的欧阳辉,其他人要么早已和家乡失联,要么对这事避而不谈。吴仕岚想,他正在探索这些少年的秘密。

每个人的少年时代都有秘密,它们被永远封存在时间里,除了自己以外,谁也不能触碰。就连吴仕岚自己也有秘密,在很长一段时间里,他将有血缘关系的表姐当作幻想对象。

而谁也想不到,当年被奸污的少女长大后竟成了一位老师,而且就在自己当年就读的学校。他在电话中和白霜打过招呼,今天是工作日,他只能来学校拜访对方。

他在教学楼下驻足,几个女孩嬉笑着从他身旁走过。他拨打白霜的电话,两分钟后,白霜出现在楼道中。他没见过对方,却一眼认定她就是白霜。她穿着鹅黄色的连衣裙,鹅蛋脸,一双杏眼会说话,身材保持得很好,外表上看不出年纪。她朝吴仕岚投来目光,嘴唇微张,歪着下巴,三十几岁的人了,脸上却带着稚气。对某些人来说,这的确是致命的诱惑。

吴仕岚措辞谨慎,意外的是白霜的语气里却听不出抗拒,而是带着一种不寻常的冷漠。后来他想,或许她早已习惯对别人一遍遍地复述自己遭受的苦难,不论是家长、警方,还是把她当作食物的媒体。

她就像一个美梦,让他想起表姐和那个沉闷的夏天,身处放着小霸王游戏机和明黄色卡带的房间里,香汗淋漓的表姐和电子游戏一起,与他探讨更为具体的人生。

"是吴警官吗?"

白霜的声音打破他的幻想,他有些慌乱。"白老师?您好,咱们在哪里聊比较方便?"

白霜浅浅一笑,脸颊上勒出两个梨窝。"我一会儿有课,时间可能不多……这边走。"吴仕岚跟在她身后,她身上有栗子和柑橘的香气。

在二楼停住脚步,白霜推开一扇门说:"这是体育老师的办公室,平常没有人过来,您请坐。"

吴仕岚调整了一下椅子的方向，在白霜对面坐下，她一双手放在并拢的膝上，目光斜斜看向一旁的地板。

"不好意思，其实我这次来……是想问另一件事。"

"您请说。"

"根据我掌握的信息，从一九九八年到二〇〇〇年初中毕业为止，你应该是朝露诗社的成员吧。"

白霜放在膝盖上的手抖了一下，这个细节被吴仕岚收入眼中。他说："除了您之外，诗社还有哪几位成员呢？"他早已知道答案，但提问是必不可少的环节，用大量问题麻痹对方，让他们不自觉地在关键问题上露出破绽，是一种常规技巧。

"不好意思，请问您为什么要问这些呢？您刚才说过，问的不是……那件事啊。"白霜轻咬着嘴唇，眼睛里似乎有泪波荡漾，窗外吹进一阵微风，她撩了撩鬓角的乱发。

吴仕岚差点儿说出实话，却又马上忍住："这和一起命案有关，其他的我就不能告诉你了。"

白霜深深看了吴仕岚一眼，挪动身子，微微弓下腰，凑得离他更近一些。他再次闻到那股香气，不禁也往前移动。这个距离几乎能看见她脸颊上细细的金色绒毛。"张擎、欧阳辉……还有一个，好像姓柳？抱歉，我们只是在初三时做过一年同学，后来就没联系了。"

到目前为止，她表现得非常好，每一个动作、每一句话的轻重缓急都恰到好处，但吴仕岚知道她在隐藏一些东西，她太急于释放自己的女性魅力，或许她早已习惯用这种方式获得便利，这是她的本能。吴仕岚想，自己也配合得不错。

"死了。"他重重往后靠去,椅子发出沉重的哀鸣,"欧阳辉,这个人死了。"他跷起二郎腿,摸出烟盒,点烟的时候他死死注视着白霜。她惊呼,她呼吸加速,她脸颊通红,她企图获得同情,她是女人,聪明的女人。

"怎么会!"她的胸口剧烈地起伏着,惊讶是真的。

吴仕岚吐出烟雾,烟圈砸在女人脸上。"血喷出三米高,墙上写着北岛的诗,《献给遇罗克》。北岛将它献给遇罗克,我问你,凶手将它献给谁?"他的音量逐字逐句上升,在最后一句到达最高点。

很明显,她被吓坏了,被欧阳辉的死,被墙上的那首诗,被眼前这个和刚才判若两人的男人。生平第一次,她的美丽撞上钢铁,她有些晕。

"我不知道,我真的不知道……"女人开始哭泣,她们的眼睛里有个阀门。"真的,我不知道!"

"王江风是个怎样的人呢?"吴仕岚将白霜的椅子猛地一拉,白霜跌坐在地上,双手抱住膝盖,双眼里开始出现恐惧,真正的恐惧。她真的哭了起来。

吴仕岚将烟头在地板上碾灭,把女人留在办公室里,转身离去。他没有得到答案,但他已经获得了想要的东西。

8

陈嘉裕想,监狱应该是这个世界上过得最缓慢的地方。

每个初入监狱的犯人,都会经历最初的那段躁动期,发疯似的渴望自由。可这样的日子不会持续太久,人类是适应性很强的生物,仅需一两年,他们就会适应监狱的生活。这里的生活安定、规律,从睡眠时间到菜谱都按照既定的轨迹运行,没有变化,终年如一日。

干了三年狱警,或许自己也习惯了这样的生活吧。他不禁想到,自己和这些犯人也没有什么差别,环境对所有人一视同仁。

他曾经见过在狱中关了三十年的老人,出狱时因为对外界的恐惧而手足无措,之后多次犯罪,只为能让自己回到监狱。每个人最终都会适应这里,他几乎没见过例外。

可他现在要去见的这个人,就是例外。这是吴仕岚的委托。

吴仕岚是他在警校的同学,如今是市刑警队的干警,那曾是他梦寐以求的工作。虽然走上了不同的道路,两人也没有疏远,他了解吴仕岚经办的每一起重案,他把自己代入对方的角色中,想象自己亲历那些现场,像雷蒙德·钱德勒笔下的冷酷侦探一般破案如神。

叶晟是个老囚犯,在这里关了十八年,有些清高,从不和其他囚犯在一起厮混。当然,也没有人愿意搭理他,强奸犯是监狱生态链中最底层的物种,谁家都有女眷,所有人对强奸犯都会感到本能的厌恶。

入狱前他曾是个语文老师,写得一手漂亮的钢笔字,陈嘉裕曾经看过那些信,足有厚厚一沓。每一封信里,他都在哭诉自己所遭受的冤枉,请求得到沉冤昭雪的机会,但他的上诉机会早已用光,除了无聊的狱警,没有人愿意阅读那些信件。

听完吴仕岚的叙述,陈嘉裕忽然对这个偏执的老人有了新看法，他不得不承认吴仕岚所说的那几点确实令人疑惑，这令他亢奋起来。

他走的是探视通道，所幸今天是工作日，探监的人不多，不需要等探视间的空缺。钢化玻璃将二十平方米的房间隔断，他坐在其中一端，静静等候着那个老人。

老人从另一端的门外走进来。他被关了十八年，腰杆却没塌下去，一头银发梳得整整齐齐。他看了陈嘉裕一眼，表情有些失落。

"我还以为是那孩子呢。"叶晟的声音从话筒中传过来，"请问你是哪位？"

"我是警察。"叶晟似乎没有认出自己，陈嘉裕有些庆幸。狱警也是警察，但自称狱警办事往往没那么方便。叶晟得知他的身份，眼睛一亮，扬声器里粗重的呼吸声带着颗粒感。"你是来调查那个案子的？你看见了那些信？"

陈嘉裕点头，看着老人眼中逐渐燃起的希望，他忽然有些愧疚："根据我了解到的资料，你是在王江风失踪以后被逮捕的。"

"我知道他们为什么诬陷我。我一开始并不在他们的计划里，因为我在为王江风鸣冤，他们害怕了。"叶晟的声音里没有愤怒，只有茫然，"我到现在都不知道那些孩子为什么要这么做。"

"你不知道？"陈嘉裕有些疑惑，"假如那几个孩子真是联合起来构陷你和王江风，怎么也得有一个理由吧。"按照叶晟的说法，孩子们最初想要诬陷的只有王江风，而他是被拖下水的，那么问题就回到了起点，那些十几岁的孩子做这种事的理由是什么？

对一个女孩来说，背上"被强奸"的污名，无疑是难以承受的代价。甘愿付出这种代价也要让王江风和叶晟入狱，这些孩子和他们之间发生了什么？

"请你一定仔细想想，如果你们真的没有做过那些事，这个理由非常重要。"陈嘉裕补充道，"你回想一下，天气、温度、颜色……回到十八年前吧，告诉我，当时发生了什么。"

老人眉间的肌肉抽动着，缓缓开口："我与王江风是同一年调到宁城中学的，当时我们都没有成家。从一九九二年到二〇〇〇年间，我与他合住在宁城中学的教职工宿舍里。"

他如此相信王江风，两人的关系必定不同寻常。陈嘉裕问："他是个什么样的人呢？"

"普通人。"叶晟笑了。他在谈话中第一次露出笑容，王江风是个让人想起来就会微笑的人。"他是个很普通的人，爱打球，崇拜约翰逊，你知道吗，NBA的'魔术师'。他也会因为女人烦恼，拉着我陪他在馄饨摊上喝二锅头。他读诗、写诗，不是什么特殊的爱好。但和我们不一样，他相信着一些东西。"

"比如？"

"你相信警察这份职业吗？"叶晟反问陈嘉裕，"他相信自己的职业。他可以为了一个被家长虐待的学生，在办公室里和家长动手打起来；他不放弃任何一个学生，对待所有人都一视同仁，哪怕是别人避之不及的坏孩子；他日子过得紧巴巴的，几乎把所有的收入都用来帮助贫困生。你一定觉得，我是因为和他关系好，才会跳出来为他申冤吧？不是的，我只是羡慕他。"

"我自己不能成为他这样的人，教师对我来说只是一份工作，但是我真的羡慕他。他的热情和专注会打动身边的每一个人，如果你和他共事过，一定会有和我一样的感觉。"叶晟自言自语着，"这样的一个人，他能干得出那种事吗？我不信。"

我相信自己的职业吗？陈嘉裕扪心自问。他不愿意面对这个问题。

"第一次从警察局回来之后，他变得很憔悴，但从来没有怪罪过那个女孩。他说，她只是走错了路，孩子难免一时糊涂。我尝试问他，但他什么都没有说。"

"他有没有什么反常的举动？"

"你不说我都差点儿忘了。"叶晟似乎想起了什么，"那年暑假，他好像一直有心事，但我没问他。他不想告诉你的，你不可能知道。"

"对于他的失踪，你有什么看法？"

"我认为他死了，他不可能逃跑。"叶晟说，"他离开的那一天，什么都没有带。他出门，然后再也没有回来，就这样。"

"那一天？"陈嘉裕精神一振，隐隐感觉自己离真相越来越近，"你还能想起什么，他是什么时候出门的？有没有说过要去干什么？"

叶晟的眉头拧得更紧了，翻找十八年前的回忆对任何人来说都不是容易的事。"那天下着暴雨，晚上十一点，他撑着把伞匆匆出门。我问他要去哪里，他说他要去见一个人，他走得急，我没来得及问他对方的身份。"

"你还记得他那天的穿着吗？"

"篮球短裤，丁字背心，踩了双拖鞋。"叶晟肯定地说，"我记得,他没有换衣服就出门了。"

"不像是出远门的打扮。"陈嘉裕掐着眉心。王江风说要去见一个人,出门时没有换衣服,那天之后他再也没有回来……忽然间,他想到了一个恐怖的可能性。

这是天方夜谭般的设想,但绝对可能存在。为了印证他的猜测,他必须获得更多信息。他匆匆告别叶晟,走出探视间,拨打吴仕岚的电话。电话嘀了一声,传来吴仕岚的声音:"喂?"

"我们可能把问题想得太复杂了。"陈嘉裕没有给吴仕岚说话的机会,"关于那起操场埋尸案,所有人都认为,那个行为是有计划在先的,凶手为了某个目的,使用了某种手段,将尸体埋在广玉兰下。这种仪式感强烈的行为,背后一定隐藏着某种目的或者动机,但是如果那个人什么都没有想呢?"

"为什么突然说起这个案子?你去探望的不是叶晟吗?"吴仕岚的声音有些迷惑。

"如果这个人只是恰好死在了广玉兰下,而他的身边,又恰好有一个深坑呢?"

吴仕岚沉默了一阵,他很快明白了陈嘉裕的意思,电话那头传来急促的呼吸声和打火机的咔嗒声,吴仕岚挂断了电话。陈嘉裕没有将手机揣回兜里,他静静地等着,五分钟之后,吴仕岚的来电响起。

"保安说,学校操场上一次施工的时间,在二〇〇〇年六月。同月,王江风失踪。而且,尸体的骨龄与他失踪时的年龄正好相符。"

皮球从球场一端起飞,飞跃了漫长的时间,落入篮筐。超远距离三分得手——陈嘉裕的猜测被印证了,他将自己从叶晟处所获得的信息一一告知对方。

"按照这个方向去假设的话,"吴仕岚亢奋地说,"王江风很有可能并没有失踪,他就是广玉兰下的那具尸体。他被某人约到篮球场杀死了,那个人一定是和他熟识的人……这个躲在水面之下的家伙,就像一只攀附在树干上的变色龙,我们都看见他了,却也都忽略了他。"

所有人都认为王江风是因为罪孽深重而潜逃,没有人知道他其实死在了二〇〇〇年的夏天。这场拙劣的犯罪阴差阳错成了精妙的诡计,杀人者成为被所有人忽略的嫌疑人X。

除此之外,欧阳辉的死和墙上留下的血字,也似乎与这个早已分崩离析的朝露诗社存在关联。跨越十八年的三个案件,就像围绕着王江风运转的三体恒星。死在二〇〇〇年的男人和他的学生之间究竟发生了什么?

而杀死欧阳辉的凶手和埋尸案的凶手之间是否存在关联,也成为新的问题。

"强奸案的背后有蹊跷,朝露诗社藏着秘密。你应该继续调查当年的那几个孩子,他们一定知道些什么。"

陈嘉裕挂断电话,他想起那株广玉兰,和学生们一样,他也在那所学校毕业,也曾好奇广玉兰为何生命如此长久,枝叶如此繁茂。

他看见广玉兰擎天而上,目光穿透树冠和躯干,穿透被孩子们踩踏千百遍的土地。它的根系紧紧缠绕住那个男人,男人用自己的血肉供养着它。

9

驱车前往医院的路上，张擎在一处人行道前停下。一对父子正在走过人行道，年轻的父亲手里拿着一个草莓甜筒，用它逗弄身边的儿子；儿子个头仅到父亲腰间，不断跳起去够父亲举在胸前的甜筒。张擎愣了一会儿，直到后车按起喇叭，他才踩下油门。

老吴雪中送炭的二百万美金暂时解决了眼前的危机，虽然钱还躺在家中的保险柜里，但他已经约好了几十家经销商，白斑病毒上半年给公司造成的损失得以弥补。做生意，信用没垮，公司就能活下去，他签了一批明年的供货订单，这一关总算挺过去了。

但想到之后要面对的儿子，张擎不禁又头痛起来。该怎么面对这个孩子呢？他会不会还在生自己的气？脑子里装着这样的想法，驾驶的速度也慢了下来，本来只需要十分钟的车程，足足开了半个小时。来到医院的时候，时间已是正午。

张健已收拾好行李坐在床边，看见父亲从门外走进来，屁股往里面缩了缩。他的头上还绑着绷带，椅脚锋利的边缘划开了他的额头，那个地方缝了十七针。张擎看见这一幕，心头不禁一紧。

"还疼吗？"他试着伸手去摸张健的额头，儿子的身体猛地一颤。

果然还是个孩子啊。他不再说话，从桌上拎起行李包，张健跟着他走出病房。他感觉到有什么东西隔在他们中间，一种无形无质的东西，自从他把凳子砸在儿子头上那一刻开始，男孩与男人之间互相依存的关系就破碎了。暴力是两个男人的对话方式。

他又想起那个夏天，似乎所有值得想起的事情都发生在夏天。电风扇呜咽转动，父亲用皮带狠狠抽打自己，空气中弥漫着汗液的气味，母亲坐在沙发上哭泣，他咬着牙一声不吭。父亲累了，将皮带扔在地上，他打开门，然后重重摔上，再也没有回去过。

母亲说，父亲跟情人走了。他当父亲死了。

出风口呼啸的冷气盖过二人的呼吸，他通过后视镜瞟了瞟后座的儿子，儿子也在里面看自己。他说："你已经长大了，我给你讲个故事吧。"

儿子没有说话，他当然不会说话。

"你出生之前，我就移民到泰国了。我一个人来的，你奶奶——我妈，被我丢在国内，你到现在也只见过一次。"张擎打开窗户，他有点闷。"我没有告诉过你们，连你妈也不知道，我是逃过来的。"

后视镜里的张健抬起头，父亲的话似乎让他有些吃惊。

"我在国内待着的每一天都很害怕，不是害怕警察来抓我，如果真是这样那就好了。那时候我每天都睡不着，每天都在想着自己犯下的罪，心里像是有什么东西揪着。我以为过两年就好了，可是过了三年、四年，我还是忘不了。我逃避的，是这种情绪。

"你的爸爸做过一件卑劣的事情，出于某种理由，就和你所做的一样，我诬陷了一个善良的人，毁了那个人的一生。"张擎伸出手，像是要握住柔软的风。"他真的是个好人，我做错了，但我没有勇气承认自己的错误，所以我只能逃跑。

"爸爸打你,不是因为生你的气,我气的是自己。爸爸希望你和我不一样,你能做一个诚实、正直的人。年轻的时候,我们肆无忌惮地伤害别人,以为有些事的后果没有那么严重,但有时候你做了,一辈子都回不了头。等你理解自己的行为以后,愧疚会追着你到天涯海角,成为你一辈子的阴影……爸爸不希望你和我一样。"

张擎在学校门口停下车:"去和那个人说对不起吧,趁你还有机会的时候。"

他目送着儿子走进校门,狠狠抽了几根烟,平复情绪。

第二天,他接到吴波的电话。

当他匆匆赶到警局时,吴波在办公室等候他,脸上挂着一副玩味的笑容,像是看待猎物一般审视他:"张总,这次怕是不好办咯。"

张擎心中咯噔一下:"您说。"

"昨天晚上,我们接到报警,在离学校不远的公园里发现了一具尸体。陈宏远,你上次见过的那个老师。"张擎从沙发上一点点滑落,脚底的水泥地逐渐软化,变成无底的深渊。

吴波夸张地感叹道:"死得可真惨,脑袋被棒球棍砸成了糨糊,全身上下找不到一寸不带伤的地方。下手的人想必恨死了他。"

"继续。"张擎从沙发上坐直,他不能跌落。

"孩子们太年轻了,你在现场随便走两步,都能踩到至少二十个物证。"吴波摇摇头,"很难办啊。"

"怎么操作?"张擎惊讶于自己提出的问题,这个想法就像是本能一样从他的脑子里蹿出来，不经思考便从嘴里淌出。

"本地人就算了，他是中国人，有点难办。"

"开个价试试？"

他还是个孩子，他不知道自己的行为意味着什么。

"一头替罪羊。"吴波竖起手指，指向天花板，"从上到下，所有人都要打点一遍，不便宜。"

"开价。"张擎的语气降到冰点。

"两百万，"吴波补充道，"美金。"

幸好我有两百万美金，这是张擎的第一个念头。他艰难地走出办公室，还没上车就开始呕吐，红色的是虾，绿色的是菠菜。

我要救他，他是我的孩子。

电话响起，是一个陌生号码。他接起电话，对方说的是英语，他有一个国际快递，需要确认住址。

回到家里，快递员还没有赶到。他渴极了，在厨房的水龙头喝过水之后，他走向卧室，保险箱就在那里，里面放着两百万美金。他轻轻关上门，忽然发现床前多了一张椅子。

椅子上坐着一个人。

那人转头看向他，张擎疑惑地搜索脑子里的名单，他见过这张脸，只是有些想不起来。那人也没有说话，只是静静地看着他，似乎正在等他想起自己。这张脸终于慢慢和记忆中的一张脸重叠起来，他惊讶了一瞬。

"我知道欧阳辉死了，只是没想到是你。"

"我也很奇怪，没想到是我。"那人站起，朝他走来。

10

"那是一句诗。"吴仕岚指着PPT上显示的画面说。

黑暗中坐着专案组的全部成员,所有人都在看着这个忽然插嘴的年轻刑警,包括坐在席首的领导,那是从省城派来的人。吴仕岚咽了口唾沫,他有些紧张。

画面上显示的是一块背景墙,似乎属于某个房间的一隅,墙上贴着米黄色的墙布,顶端挂着一幅油画——《耶稣受难图》。在这些东西的正中央,是一行潦草的血字:一无所有的人没有故乡。

一个月前的那起命案正式变成了连环杀人案,准确来说,是跨国连环杀人案。就在前天,缅甸仰光,一个华人富豪被人所杀,同样被刺中肱动脉,同样的血字,同一个人的笔迹。

被害人张擎,原籍宁城,宁城中学毕业生,朝露诗社成员之一。诗社当年的四个成员死了一半,傻子也能明白这是针对朝露诗社的谋杀。吴仕岚在得知信息的第一刻,再次尝试联系诗社的最后一位男性成员柳登科,可他最终还是没有找到这个人,不奇怪,这世上每天都有人在消失。

复仇,这是他最终提出的结论。专案组的工作分为两个部分,一部分是调查王江风生前的人际关系,另一部分则是重启对强奸案的调查,吴仕岚选择了后者。和谋杀案一样,这起可能的冤案引起了专案组的高度重视,如果当年的那几个孩子真的做过伪证,没有人能逃脱法律的制裁。

在搜索引擎上,他没有找到和"一无所有的人没有故乡"这个句子相符的诗歌,或许这是一首鲜为人知的作品。走出会议室,他拿出手机,拨打王鹏的电话,《献给遇罗克》是王鹏给出的答案,或许这次他也能想到些什么。

——您拨打的用户暂时不在服务区。

他收起手机,拉开车门。他有更直截了当的方式。

再次来到宁城中学,保安老刘这回总算记得他的长相,为他打开拦路杆。他径直将车开进学校,在教学楼门口停下。他跑上三楼,在走廊左边的第一间教室中找到了正在上课的白霜。

吴仕岚推开门,几十双眼睛齐刷刷打过来,他从兜里掏出证件。"白老师,您涉嫌一起严重刑事犯罪案件,作为知情人和嫌疑人,请您跟我走一趟。"他挤挤眉,"抱歉这不是电影,您无权保持沉默。"

白霜手里的粉笔落在地上,啪的一声碎为两截。

吴仕岚再次闻到柑橘和栗子的香气,他当场给白霜铐上手铐,在他的工作职权范围里,至少还有这样的事情可以做。

他用只有对方才能听到的音量说:"现在,你也感受到那个人曾经历过的痛苦了。"

经过上次的教训,这个美丽的女人至少得到了一些经验。坐在审问室里,她没有尝试使用自己的武器。

"那我就开门见山了,"吴仕岚轻轻拍了拍桌子,"撂了吧。"

"我不知道你在说什么。"

"张擎死了,墙上也用血写着诗。我不知道那个人的诉求是什么,但好像在杀光你们之前,他不会罢休。你现在有两种选择:一,自首;二,在我们调查结束之后被捕。"吴仕岚低声说,"我必须告诉你,那个凶手还在外面。他很愤怒,不知道下一个目标是谁。"

那双湖水般清澈的杏眼再次出现恐惧的阴霾,女人似乎做出了某种决定,和所有做决定的人一样,她先深呼吸了一下,然后说:"都是他们逼我的。"

"愿闻其详。"吴仕岚耸耸肩。

"二〇〇〇年,我们中考的那一年,欧阳辉不知道从哪里搞了几部手机,当时我们都没有见过这个东西。他说,有了它,我们都能顺利在宁城中学读完高中。宁城中学高中部的分数线很高,我们都动心了。

"我们一人拿了三千块,问家里拿的。欧阳辉买到了答案……事情进行得很顺利,但我没有想过,我最后一堂的监考老师竟然是王江风。"白霜的手放在膝盖上,她修长的指甲抠进肉里,脸色因失血而苍白。"他就那样走过来,看了我一眼,什么都没有说。

"考试结束后,他找我谈话。我央求他,把一切都告诉他。他说让我们自己承认错误,他会带我们去教育局,所有人的成绩全部作废。我吓坏了,我去找男孩们,他们说……让我去引诱王老师。"

是的,你什么都没做,都是别人逼你的,都是他们怂恿你的。吴仕岚想,像你这样的女人,无论在什么地方,都生活得毫不费力。

"那天晚上我去了,但是没有成功,于是他们又想出了另一个办法。"

"你们诬陷了自己的老师。"

"我也不知道自己为什么那样做，一开始只是想威胁他一下，不知道为什么……事情越来越无法控制，我们好像忽然就没有退路了。真的，我不知道这是件很严重的事情，我以为他被批评几句就没事了。"白霜的语速快到吴仕岚几乎要听不清的程度，心虚的时候更要慢慢说话才对。

"后来，叶晟站出来替他鸣冤，为了调查这件事，他说不定还找过你们。你们害怕了，于是也给他戴上帽子，就像轻而易举地搭上一块积木。"吴仕岚站起身来，"他应该从未教过你们这些，哪儿学的啊？"

11

宁城中学门口是条单行道，街角绕个弯，一个叫作"阳光新城"的旧小区门口，藏着一家粉面馆。这家店开了三十几年，坚持选用本地的土制米粉，老板炒出来的粉焦香扑鼻，附近的人都爱这一口。

这天早上，约莫过了八点，粉店的伙计刚拉开门，门口站着位陌生面孔。这人拎着个旅行包，穿一件宽松的黑色夹克，鼻梁上架着副金丝眼镜，看年纪少说也有五十岁。他笑眯眯地走进店里，叫了碗香肠炒粉。

不一会儿，伙计把炒粉端上桌，老人取下眼镜，掰了个蒜，狼吞虎咽地将盘子一扫而空。他眯起眼睛，打了个饱嗝，像是自言自语地说："还是这个味啊，饱了。"

一小时后，拎着旅行包的老人走进警察局接待大厅，他径直走到服务台前，接待员询问他的来意，他说"自首，以杀人的罪名"。

吴仕岚赶到警局的时候，老人正在审讯室中等待。吴仕岚替他解开被铐在桌上的手铐，老人微笑着说："谢谢。"

"王江风是什么样的人呢？这个问题我思考过很多次。"吴仕岚在老人对面的椅子上坐下，"我从他人的叙述中认识你，你和照片上一点都不像，你的鼻子应该更挺拔一些，眼睛也更大一些，脸没有现在这么宽。你变了。"

"在马来西亚，我做了整容手术。找的是一个被吊销执照的外科医生，那种地方你什么人都能找到。也许是因为太便宜了，整得不是很好看。"

他护照上的名字是吴立东，但他说自己是王江风，除了他自己，没有人愿意说自己是王江风，吴仕岚想。既然王江风还活着，他出现在这里，广玉兰下的那具尸体又是谁呢？他的推测错了，但既然对方在这里，他只需要耐心等待答案。

"为什么要走？"吴仕岚决定从这个问题开始。

王江风沉默了一会儿，他向吴仕岚讨了一支烟，对他讲起二〇〇〇年夏天的那些事。审讯室里的空气逐渐变得黏稠，暴雨在这十方空间中倾注——

当白霜拎起T恤一角的时候，我以为她只是有些热。我知道她是什么样的女孩，她的父母都是有头有脸的人，她从哪里学来这些？

那一天，男孩们都提早退堂，像约好了似的。教室里只剩下我和她，我在黑板上抄诗，海子的诗。她从背后环抱住我，我感受到她身上炽热的温度。她的身上有股好闻的奶香味,这是孩子的味道。抱住我的人有些紧张,身体像头小鹿般柔软,微微颤抖着,当我意识到她没有穿衣服时,我也颤抖起来。忽然她踮起脚尖,舔我的耳垂。

"穿上衣服!"我躲避她的亲吻。我的心脏猛烈地跳动着,恶魔在天使的身体中寄生,这是令人难以拒绝的诱惑。我不能否认这一点,我的身体因我的学生而膨胀。

她的声音像是在啜泣:"老师,求求你了,放过我们好吗?"

她说的是"他们"。

不如就放过他们吧,放过这些孩子,就当作什么事都没有发生过。在那一刻我曾有过这样的想法,她似乎也发现了我的动摇,抱住我的双手勒得更紧了一些。忽然,我感到深深的厌恶。

这种厌恶并不针对任何人,我厌恶我自己。我是他们的老师,如果我能多关心他们一些,他们还会做出这些事情吗?大人应该为孩子的行为承担责任,不管是他们的父母还是我,没有一个人是无辜的。

我低头看向在我胸前缠绕的双手,将它们轻轻分开,每分开一寸,她的啜泣便更大声一些。我走出教室,自始至终,没有回头看过她一眼。

第二天,男孩们把我堵在宿舍楼下,他们面面相觑了一会儿,似乎没有商量好由谁来开头。张擎自告奋勇,他昂着下巴,模仿大人的语气,这种姿态能使他获得勇气。他是商人的孩子,商人的孩子过早成熟,成熟从模仿开始。

他威胁我,为了避免露怯,他叫我王江风,而不是老师。

又过了几天，我被关进了审讯室，关于孩子们的事情我一句话都没有说。我开始害怕了，就像之前说的，我有罪，不教之罪。他们不知道自己在做什么，所以才会用更多的谎言去填补。"既然已经做了，再过分一些也没关系吧"，正是因为怀揣着这样的想法，孩子们才会轻易毁掉自己的一生啊。

回到学校之后，人们看我的眼神发生了变化，我无法适应这种变化，终日将自己关在宿舍里。幸亏还有一个人信任我，我听说在我被抓走的这些日子里，他荒废了工作，终日为我奔走呐喊。

那些夜晚我们喝了很多啤酒，电风扇坏了三次，转动的时候发出撕扯纸板似的巨响，玻璃杯一次次碰在一起，电风扇的噪音盖过杯子碎裂的声音，我没有听见。

张启林从来没有参加过家长会，我只见过他的妻子，一个沉默寡言的女人。他的电话打到门卫室，我接电话的时候门卫老刘警惕地守在一旁，我在他眼里成了重点观察对象。

男人约我晚上在操场的广玉兰下见面。我走出保安室，抬头望向天空，冥冥中的那双巨手从虚空中拽来帷幕，最后一缕光线在其中疯狂挣扎。

老刘的目光如芒在背，我合拢双手，祈祷一切落幕。

乌云在天际悬了许久，里面像是在进行一场化学实验，偶尔漏出几声闷雷。等到我离开宿舍的前一刻，暴雨才压下来。我没有和叶晟道别，如果我知道那是最后一次见到他，我一定会好好和他道别。

我们约好的时间是七点三十分，我在七点二十五分到达操场,也许是因为电路故障,操场的路灯过早熄灭,我走到广玉兰下时,才发现那里站着个人。他没有撑伞,任由雨水拍打在身上,像是一尊雕塑。

"请问是张擎的爸爸吗?"我的声音被雨声淹没,只好提高音量重新喊了一遍。他似乎点了点头,走到我所处的位置,旁边有一个大坑,广玉兰安静地躺在地上。他弯着腰,对我谄媚地笑,那是经过长年演练的笑容,商人的笑容。

他顾不上擦拭流进眼睛里的雨水,从裤兜里抽出一只被叠起来的牛皮纸文件袋。我曾在监考时使用过这种文件袋,上面应该写着"机密文件,请勿拆阅"。

"不好意思,我不能收这个。"我捏了捏文件袋,大致明白里面装着什么东西。他的笑容忽然僵住了,然后很快舒展开。我们来回推阻一翻,他忽然扑通一声跪在地上,泥浆溅在我的身上。

"王老师,求你了,帮个忙吧。孩子还小,他真的知道错了。"他低着头,我试图扶他起来,他岿然不动。三十几岁的中年男人,跪在地上,像条狗一样。

雨越下越大。

我们僵持了一阵,为了扶他起来,我在地上摔了好几跤,直到我明白他的双腿和大地之间用钢钉钉紧,自己不可能撼动这个男人的决心时,我叹了口气,转身离开。

就在这时,身后的哀求声停止了,我听见皮鞋踩踏泥浆的声音,我回过头,他的手上握着一把水果刀。他来不及切换表情,那副笑容还没有完全消失,这一刻我忽然明白,如果一个男人愿意给别人跪下,那也意味着他能做出任何事情。

我和他扭打在一起，他的力量超越了不算强壮的身躯，我好几次差点儿被他刺中，但最终只有一个人躺在地上。他就躺在树根旁边，刀刃插在右侧上腹，是肺部的位置，他的双手在空气中疯狂地舞动，然后无力地垂落。

我经常想，为什么呢？为什么那天的路灯没有亮起，为什么那天操场正在施工，而他恰好就躺在广玉兰和深坑的旁边。如果有人看见的话，哪怕老刘用手电筒扫一扫，我也不会做出接下来的事情吧，我的人生也许会是另一番模样。

我坐上长途客车，离开宁城，一路辗转到云南，在一个药贩子的帮助下越过边境。不知该说是幸运还是不幸，一路上没有警察盘问过我，我就这样稀里糊涂地成了逃犯，为了一宗只有我自己才知道的杀人案。

我在马来西亚待了三年，然后去缅甸扎下根来。我原以为这辈子就这样了，在别人眼里，我只是个从国内来的商人，那是个混乱的国家，没有人有闲工夫坐下来盘问你的底细，除了你自己，没人对你的过去感兴趣。

可我没想过，命运就像个爱做恶作剧的孩子，在缅甸待了几年之后，我竟然在自己的铺面旁遇见了当年的学生，而他到死都不知道我是王江风。

王江风杀死了他的父亲，他却把我当作兄长，当作另一个老师，我曾经无比害怕被他认出来，但整容医生的技艺在这里得到了验证。他没有认出我。

他总是对我提起王江风，在他的记忆里，王江风是个多好的人啊！可我配吗？他不知道，我是真的逃跑了，我再也不配教导任何一个学生。

就这样，我怀揣着愧疚和追悔，与他交往了十年。我知道他是个好孩子，也知道他在被和我一样的情绪折磨着，如果我没有杀死过他的父亲，我一定会告诉他，我从未责怪过他。

我原以为这件事结束了，我和孩子们的错误已经画上句号。可当我看见新闻上张擎的死状和墙上的诗，我才知道，这些事情还在继续着。身为老师的我，必须站出来阻止那个人。

王江风的故事在这里结束，烟灰缸已经堆满。吴仕岚震惊了，根据王江风护照上显示的信息，他最后居住的国家的确是缅甸，可是与当年的学生在异国相逢，只有最离奇的故事中才会出现这种情节。

将十八年前的命案和跨国连环杀人案串联在一起的关键，他一定知道。

"你知道是谁杀了欧阳辉和张擎？"

"欧阳辉也死了？"王江风的双眼睁大了，他掐灭烟，泪水从眼眶里溢出来，他的声音令吴仕岚联想到所有和悲伤有关的事物。"如果我没有逃，他不会做出这些事的……"

"你知道那个人是谁，那些诗都是你教他们的，你了解所有的孩子。"吴仕岚有些不忍心，"是吗？"

"我的学生走错路了，他做了不好的事情。"王江风抬起头，脸上的沟壑被泪水填满。"我回来，就是为了阻止他。"

"告诉我他的名字。"

"你能答应我一个请求吗？"

"你说。"

"把我自首的事情刊登出来，给他三天时间，他会来自首的。"

吴仕岚看了一眼左边的单向玻璃，他知道外面的同事正在观看他们的对话，他有些为难。"你曾在考场上给过他们机会。"

"三天里，我一个字都不会说。"王江风语气坚定，"给我的学生一个机会。"

12

第二天，王江风自首的前因后果在宁城晚报上刊登，基于王江风自己的意见，警局拒绝了超过一百家民间媒体的采访要求。

第三天，为了比较证言，被关押在看守所待审的白霜与王江风见面，吴仕岚和陈嘉裕见证了整个过程。白霜像个盲人般走进房间，眼睛始终注视着脚下的地面，她不敢看的那个人却始终温柔地注视着她。他走到她面前，将她紧紧抱住。她犹豫了几秒，暌违十八年，她再次拥抱老师。

她痛哭着，哀号着，他轻轻抚摸她的背脊，耐心地安慰她。吴仕岚并不知道他对她说了些什么，却给了他们独处的时间。

白霜从房间走出来之后，吴仕岚感觉有什么东西从她身上消失了，像是沉重的负担，也像是缠绕在她身上的某种气息。她对吴仕岚略带歉意地笑笑，吴仕岚想，这才是女孩应有的样子。

第四天，他们等到了那个人。

他风尘仆仆地赶来，看见愕然的表侄时，他轻声说了一句抱歉。

他双手穿过手铐,像是戴上一副手套,他长长舒了口气,提出诉求,吴仕岚和专案组同意了。

他与王江风面对面坐下,二人沉默了好久,忽然王江风微笑道:"你长大了,比以前高了一些,气质也变了。"

"你也是,老师。"王鹏取下鼻梁上的金丝眼镜,"你以前戴这种款式,我觉得很好看。"

"后来写过诗吗?"

"你走后,我就再也没写过了。"

"可惜了。"

"老师,我骗了你,我知道奥楚蔑洛夫为什么脱掉大衣。"

"什么?"王江风的眼神中露出一丝迷茫,但很快他反应了过来,"《变色龙》?"

"奥楚蔑洛夫脱掉大衣,是为了掩饰他内心的害怕和惭愧——他自卑,他羞愧,他每天都觉得自己一无是处,他在这个陌生的地方生活着,和陌生的人相处,他是个异类。他是个刺猬、胆小鬼,连一声谢谢都不敢说的胆小鬼。"

"我记得你那时候就这么丁点高。"王江风将手悬在半空比画着,"黑瘦黑瘦的,每天除了用功读书以外什么都不做,好像生怕别人注意到你。"

"除了你。"王鹏笑着说,"你真的太烦人了,又是送菜又是送书的,成天往我家跑。"

"我知道丑小鸭会变成天鹅。"王江风忽然沉默了,过了好一阵才开口,"对不起,你不应该为我做这些,你本来应该有光明的未来。"

"老师。"

"嗯?"

"谢谢你曾插手我的人生。"

宁城监狱,吴仕岚和陈嘉裕并肩走在前往图书室的走廊上。

"我怀疑,王鹏是故意结识你的,他想要引起你的注意,让你去探究强奸案的真相。"陈嘉裕说,"是他把强奸案的疑点告诉你,也是他告诉你朝露诗社的事。后来我调查过叶晟的探监记录,王鹏经常来看他。"

"所以,他才会在操场埋尸案被曝光的第一刻开始动手,他和我们一样以为那具尸体是王江风。"吴仕岚用手指刮着走道窗户的玻璃。"他最后的希望破灭了,他以为老师已经死在十八年前的夏天。"

二人走进图书室,图书室摆着七八个书架。老人坐在矮凳上,借着窗户里漏进来的日光,聚精会神地看着膝上翻开的书。

"他一直是这样吗?"吴仕岚指向叶晟的方向。

"在我的记忆中,他好像一直在这里看书。"

"估计等不到王江风的审判结束,他就要离开这里了。"可是人生被夺走十八年的他,又有哪里可以去呢?吴仕岚想。

"他们再也没有机会一起打篮球了。"

洪灾

1

二〇〇四年六月，洪灾暴发前五小时。

云层里传来几声闷雷，只是下午五点的光景，天已近全黑了。今年的雨季持续了好几个月，据说宁江上游的水库像是个装满水的桶子，随时都可能溢出来，也不知是真是假。

下课铃声刚刚响起，马露已经守在了张恒宇的班级门口。结果率先走出来的却是易昶，他一把搂住马露的肩膀，嘻笑道："猜到我们没带伞啦？"

她不动声色地将易昶的手从肩膀上推开，假装掸了掸灰，望向还在教室里奋笔疾书的张恒宇。

"我实在写不动了，就让他帮我把剩下的弄完，要不咱俩先回家？"

马露白了一眼易昶。和张恒宇比起来，易昶算得上是真正意义上的坏孩子，逃课抽烟一样不少，有时还会敲诈落单的小学生。他与张恒宇相识也是因为一场司空见惯的冲突。

当时张恒宇正在被几个小混混教训，路过的易昶出面劝了几句，从那之后，张恒宇就成了易昶的跟班。

又过了一会儿，张恒宇从教室里走出来。看见马露在门口等候，他点了点头，就像吃饭喝水一样习以为常。

走出教学楼时，几粒开路标兵般的雨珠率先砸落下来，马露撑起伞，踮起脚尖，尽量不让雨伞的外沿挡住张恒宇的视线。易昶嬉皮笑脸地攀张恒宇的肩膀，三人便是共撑一把伞了。

"你们还真像老夫老妻啊。"易昶说。

"瞎说什么？"虽然语气像是嗔怒，但马露内心竟感到一丝莫名的喜悦。

"喜欢这闷葫芦有什么意思啊，你要不试着喜欢我？"易昶说话时揪着张恒宇的耳朵。

"别开这种不痛不痒的玩笑了，没意思。"张恒宇摇了摇脑袋，紧接着，他似乎感觉易昶对他的行为有些不满，又低下头去。

这时雨势已经变大，硕大的雨点噼里啪啦地砸在单薄的雨伞上，三人都被雨打得肩膀透湿，没了闲聊的心思，匆匆往校门口走去。

隔着校门口的小路，马露看见了一个熟悉的身影——白雨薇。她低着头，面前站着个瘦瘦高高的男孩。男孩似乎在对她大声说着什么，只是雨声太大，听不真切。

两人没有撑伞，女孩的校服早已湿透，紧紧黏在身上，平时被校服遮掩住的高耸胸部凸显出来。马露低头看了看自己的胸脯，忽然感觉有些自卑。

白雨薇对面的男孩是邻校有名的混混儿，他们谈过一段短暂的恋爱，不情不愿地分手以后，对方隔三岔五就会来校门口堵她。

"你们先回家吧。"

马露把雨伞交到张恒宇手里，一头冲进雨中。

洪灾暴发四天后。

抗洪工作已经进入了尾声，水位回落到了可以下水行走的高度。四周的残垣断壁显露出来，裸露的钢筋虬结在一起，仿佛在控诉着这场灾难。

坐在救灾艇上的消防员揉了揉眼睛，他已经接近五十个小时没有合过眼了，全靠对于"拯救生命"的使命感才让他坚持到了现在。

如果没有那个传言就更好了，他想。

传言是悄然在救灾队伍中流传起来的，就像迎风燃烧的野草，几乎在一瞬间燎遍了整个宁城的大街小巷。

这场水灾的源头，是宁江水库的溃堤事件。

连续两个月的高强度降雨使得宁江水库的蓄水量超过了自身核载量，随着一声巨响，六道隔水门应声破裂，洪流瞬间吞噬了下游所有的平原村落和小镇。

问题在于宁江水库原本是三峡和长江中下游水库配套工程中的组成部分，所有的应灾设施都按着最高的标准组建。为何往年都承受住了，今年却一溃千里呢？

有人说，宁江水库是豆腐渣工程，根本抵挡不住真正的汛情；也有人说，六道水门是人为打开的。

第二种猜测令消防员毛骨悚然，如果事实果真如此，那么自己拼上性命的抢救，只不过是为别人的错误擦屁股。

消防员摇了摇头，丢掉脑子里纷杂的想法，他抬起手中的桨，救灾艇绕过前方一棵生命力顽强的柳树。他举目四望，在这一片狼藉中搜索着可能的幸存者。

忽然，前方二十米处，一个漂浮在水面上的白色物体引起了他的注意。他睁大眼睛，竭力观测着越来越近的漂浮物，随着它的轮廓逐渐清晰，他像是在给自己做心理暗示般地喃喃着："一定是头死猪……一定是头死猪……"

"如果是头死猪就好了。"他接着对自己说。

看到如水草般飘舞的黑色头发时，他倒吸了一口凉气。

死者是一位年龄在十五岁左右的少女，尸体已经呈现巨人观化特征，无法推测具体死亡时间。

尸体的脖子上有明显勒痕，初步推断死亡原因是窒息。同样地，通过对私处的检测，可以推断出死者在生前被人强迫进行过性行为。

这是法医能够得到的全部结论——死者生前受到了歹徒的凌辱，最终惨遭杀害。

由于大水泛滥，找到犯罪现场和相关证物的可能性微乎其微。警方将破案的希望寄托在死者的社会关系上，发布了寻觅失踪者家属的通告。

当死者在外地务工的父亲回来认领尸体时，时间已经过去了三个月。

确认过尸体的身份以后，警局大厅响起了一声嘶哑的悲鸣，这当中不仅包含着悲伤，更多的是难言的愤怒和不甘，以及对那位素未谋面的凶手的无尽杀意。

这是复仇者的嘶吼。

2

二〇一九年五月。

在等待护工开门的短暂时间里,陈嘉裕打量起周围的人来。

逼仄的空间里摆着几只矮凳,地上丢着些快餐盒和饮料瓶。阳光艰难地从小窗中钻进来,稍微照亮了等待者们阴郁的表情。

ICU,在家属们的口中又叫生死门。进了这道门,便是把命交给了判官,能不能活着出来,全凭造化。

即使是这样,比起他即将见到的那位,其他人也是幸福的。他们至少有家属在外守候,以微不可闻的念力祈祷着生的可能。

对讲器里传来护士疲惫的声音:"找哪位?"

"十七床,白小军。"

确认过陈嘉裕的身份,大门打开了。听到响动,人们抬起头看了一眼,又纷纷面无表情地低下头去。

"你有二十分钟的时间。"护士递上防菌服,指示陈嘉裕走向左边的病房。

不到十平方米的房间里,老人静静躺在病床上,双手交叉着安放在腹间,身侧接着各种仪器和塑料管。就在因肝癌引发的大出血而陷入昏厥之前,没有人知道他只剩三个月的寿命。

从背后看着这副苍老的身体,陈嘉裕想起第一次见到他的情景。

二〇一五年,陈嘉裕从省警校毕业。和每一个怀揣着理想的年轻人一样,他梦想着成为一位光荣的刑警。可事与愿违,他没有通过考试,最终成了一名狱警。

相比前途远大的同学们，狱警称得上是最没有出息的岗位，他渐渐不再参加同学聚会，平静地接受了这份清闲的工作。

监狱的工作枯燥乏味，观察犯人成了他最大的乐趣。按照所犯罪行和惩罚程度的不同，每一个犯人都会展现出不同的行为特征。

比如强奸犯常常是孤僻的，因为其他人不愿意和这种犯人打交道；死刑犯一眼就能看出来，他们的眼里蒙着一层雾，脸上看不见一点光彩。

但白小军是个异类。

按理来说，被判无期徒刑的犯人在接受自己的命运以后，或快或慢都会习惯起监狱的生活。人生太孤寂，不管在哪儿都得找点乐子。只有白小军，他从不参加任何娱乐活动。放风的时候，他喜欢待在操场的角落，从来不会与人产生必要之外的交流。

他不抽烟，不喝酒，也不看电视报纸，作息规律……只是从那双昏暗的眸子里，陈嘉裕得到了一个信息：这个人对生活失去了全部希望，哪怕随时死在这里，他也不会有任何遗憾。

每年的清明节他都会向狱警提出一份难得的请求——帮他捎两份纸钱和供品。

没人知道这两份纸钱是供给谁的。这勾起了陈嘉裕的好奇，他向前辈狱警问起白小军的事，前辈叹了口气说："知道十五年前的那场洪灾吗？"

陈嘉裕点点头，这场洪灾发生在自己七岁那年。

"他是个鳏夫，一个人把孩子拉扯长大，却料不到在洪灾暴发之前，他的孩子被奸杀了。"前辈摇摇头，"尸体是在灾区发现的，无法确定死亡地点，也找不到任何证据。白小军当时在外地务工，回来认领的时候已经是三个月以后了。"

"真惨。"

"后面的事才叫精彩。"前辈压低声音，"他竟然找到了警方正在调查的嫌疑人，把那小子给宰了。"

"他怎么可能知道嫌疑人是谁？嫌疑人的信息是严格保密的啊。"陈嘉裕说，"后来这桩案子怎么结束的？"

"原本就是桩没有物证的案子，嫌疑人死了也就没法再往下查了。"

陈嘉裕得到了想知道的一部分，白小军是孤儿，没有一个直系亲属，其中一份纸钱肯定是烧给女儿的，可是另外一份呢？

陈嘉裕主动接下了每年帮白小军购买纸供的任务，期待着和对方拉近关系，以解答自己的疑问。

遗憾的是对方一直刻意回避着陈嘉裕的旁敲侧击，他也不便过多追问。虽然在长时间的相处中他渐渐猜到了答案，但始终没有求证的机会。

听到推门的声音，白小军侧头看了陈嘉裕一眼。他的脸色呈现病态的蜡黄，这是肝癌并发的黄疸所致。

"我还有多长时间？"他平静地抛出这个攸关生死的问题。

这是他的作风，陈嘉裕想。

"医生说，乐观估计会有一个月吧。"

"好。"白小军转过头去。

陈嘉裕踌躇一阵，下定决心后，向对方抛出了自己准备好的问题："那份每年都烧的纸钱，是给被你杀害的嫌疑人的吧。"

"聊这些还有什么意义呢，反正我也活不长了。"

"不，这有意义。"陈嘉裕说，"它能解答你一直在拷问自己的问题，你是不是觉得……自己杀错人了？"

"我……我不知道。"白小军的表情有些动摇。

陈嘉裕心中暗喜，一击即中！

"那你为什么要给他烧纸钱？除他之外你身边还有其他逝者吗？"

白小军紧紧闭着眼睛，似乎在回忆着某些不愿意想起的事情。过了一阵，他缓缓地说："你能想象吗？刀都已经插在胸口上了，那孩子还在哭着跟我说'叔叔，不是我干的'。"

"这不足以为他自证吧。"

"知道杀人是什么感觉吗？"白小军说，"哪怕他犯了天大的罪过，你都不能接受自己杀死他的事实。你会反复地梦见他，他哀求着，诅咒着，永远不会放过你。"

一桩谋杀案并不只有一个受害者，凶手伤害的，是和被害者存在社会关系的所有人。而这份阴影积年累月也无法消散，将在所有人的心中慢慢发酵。

这是犯罪心理学老师对他说过的话，或许正是因为坚定着这样的看法，身为狱警的陈嘉裕才会对谋杀案如此执着。

这样想着，他说："这个案子中有一点让我非常好奇。你是如何锁定凶手，并且坚定地杀死了他呢？"

"我收到了一封匿名信。"白小军用手臂拄起身子，打开身边的抽屉，拿出自己随身携带的腰包，抽出一个泛黄的信封递了过来。

陈嘉裕双手拆开信封，里面的内容不多："案发当日，白雨薇和市四中的学生王超在校门口发生了争执。事后，白雨薇顺着宁江路往家走，在经过下埠时，被王超拽进了油菜花田。以上是我亲眼所见的画面。白雨薇和王超早恋过，这件事很多同学都知道。"

没有抬头也没有落款，字体是楷书，看得出为了掩饰笔迹，有刻意加工的痕迹。

信纸边缘有撕扯产生的毛边，应该是从某个本子上撕下来的。

能够得到的信息只有这么多了，陈嘉裕想。他回过头对白小军说："为什么没有把它交给警方，如果及时进行鉴定的话说不定能找到一些线索。"

"人家这是在帮我，我凭什么害别人啊？这点信义还是要讲的吧。"

"然后呢？"

"收到信以后，我在王超家楼下蹲了三天。三天后他被警车接走了，过了十几个小时才被带回来，我确信他是以嫌疑人的身份在接受审问。"

"然后你就杀死了他？"

"是的。"

这封信的主人一定知道些什么，陈嘉裕心想。只不过时逾十五年，已经无处去寻找写信的人了。

"最让我痛苦的，是这桩奸杀案时至今日还没有结案，我无法确定自己杀死的是不是凶手。如果我既没有给女儿报仇，又杀死了一个无辜的人呢？"

"这封信我可以拿走吗?"陈嘉裕说,"如果你相信我的话。"

"你为什么要帮我?"

"可能是出于好奇心吧。"门口的提示音响起,陈嘉裕挥了挥手中的信封,大步走出病房。

"曾经有人对我说过,追寻真相是警察的义务。"他低声说着,按下自动门的开关。

3

从警局出来左转,经过两个街区,在一个旧小区的旁边有一家兰州牛肉面馆。这家的老板是正经兰州人,和面用的是草木灰,做出来的拉面分外筋道,吃过的人口耳相传,店也有了些名气。

刑警是成天不着家的职业,久而久之,这里就变成了原州区公安分局的食堂。

吴仕岚在窗口打了个招呼,夹一筷子大蒜叶,端着热腾腾的拉面走回座位。对面坐着个高高瘦瘦的小伙,穿身皱巴巴的牛仔服,随意的短发有些自然卷,刘海蜷曲在额头的上半部分。

虽然算不上好看,但他有张辨识度极高的脸,刀削斧凿般的轮廓,微微下陷的眼窝,让他看起来像个混血儿。

"陈嘉裕!能不能麻烦你别老让我帮你干这种事?"他夹起一筷子面条,吹口气,朝对面的人说,"我这是泄露机密!"

"行了吧,这最多算是系统内部交流。"陈嘉裕嘟囔着,"要不是狱警的系统里查不到案件卷宗,我能请你吃二十块一碗的加肉拉面吗？"

"你说的那起奸杀案我查过了。洪水泛滥，年代久远，物证就别想了，我现在手头能找到的只有一些口供。和你说的一样，我们当时排查出了一个嫌疑人，后来不知道谁把这事泄露了出去，苦主把嫌疑人杀了，没法往下查。"吴仕岚抬手看了看表，"当时有位专案组里的老刑警，退休以后正好留在局里面搞安保，我约了人家，估计一会儿就到。你埋单！"

陈嘉裕扯了张餐巾纸，全神贯注地揩着桌上的油渍说："没问题，接着往下说。"

"放学的时候，有好几个孩子证实她和嫌疑人在雨中拉拉扯扯。他们顺着这条线去查，发现那俩孩子之间有着情感纠葛。往深了一问，嫌疑人说那天他一个人在台球厅抽了半晌闷烟，压根儿拿不出不在场证明。"

"白雨薇是留守儿童，住在郊区，后来推测的案发地点也是这一块，估计她是在回家路上遇害的。这时候还没开始好好审犯人呢，后面的事你全知道了。"

吴仕岚抬头一看，陈嘉裕紧皱着眉头，一只手还在揩着桌子。陈嘉裕每每碰到难解的问题，就会无意识地擦拭着手头的物件。这是他的标志性动作。

毕业四年了，学渣混成了一线刑警，学霸却成了在监狱混吃等死的狱警。想到这里，吴仕岚不得不暗叹造化弄人。

吴仕岚正打算继续往下说，忽然看到一个熟悉的身影走进店门。他挥了挥手叫道："老徐，这边！"

"介绍一下，这位是宁城监狱的小陈。"他使了个眼色，"这位是我们警队曾经的王牌刑警，老徐。"

"小碗二细，加块牛肉饼。"老徐握了握陈嘉裕的手，坐下来问道，"怎么会对这案子感兴趣？"

"我有一个犯人，患了癌症活不久了，我就想着帮他查清楚当年的事，好歹也能让他安下心来。"陈嘉裕从兜里掏出包芙蓉王，给老徐敬上烟。

"你说的是白小军吧。"老徐侧过脑袋让陈嘉裕点上火，眯起眼睛，"这个人可够惨的。"

"怎么说？"

"当年认完尸，他在警察局号了一嗓子。"老徐压低声音，"那种声音简直不是人类能发出来的，我到现在想起来都瘆得慌。"

陈嘉裕将手中的餐巾纸揉成一团，随手抛入垃圾桶。"我就是想问问，当年您在走访过程中，有哪些印象深刻的事。"

"印象深刻的事……我想想……

"我们第一时间走访的是白雨薇周边的同学，打听死者生前在其他人眼中的形象。白雨薇是留守儿童，性格有些叛逆，老喜欢和其他学校的一些混混儿玩在一起，据说两性关系有些混乱。"

"两性关系？"陈嘉裕问。

"是的，很多孩子都看不起她，也有人说她'谁都能上'。"老徐笑笑，"没想到吧，十几岁的孩子能说出这种话。"

"那她有没有关系特别好的朋友？"

"有啊，而且还是个好学生。我对这个女孩印象特别深，她是我亲自询问的。"老徐吐了口烟，"说起话来冷静得很，有条有理，完全不像是这个年纪的孩子。当时我就说了嘛，这种孩子以后是有大出息的，不知道现在在哪儿呢——对了！确定嫌疑人还有她的一份功劳。"老徐补充道。

"怎么说？"

"嫌疑人在校门口纠缠过白雨薇，就是这女孩给她解的围。白雨薇有些怕，邀请女孩一起回家，女孩也答应了。"老徐说，"回家路上，嫌疑人追了上来。不知道说了什么甜言蜜语，把白雨薇哄乐了，就叫女孩先回家，自己和男孩一起走了。"

"这怎么可能，刚刚不是还怕得不行？"吴仕岚插嘴道。

"孩子的心思你猜不到的，阴晴都是一念之间的事。"

两人对话之际，陈嘉裕交叉双手，飞速思考着。

在白小军收到的匿名信上，也有关于嫌疑人和白雨薇一起进入油菜花田的内容。

这份供词和白小军收到的匿名信，除了部分内容以外，几乎一模一样。如果说是巧合的话，那未免也太牵强了。

会不会有第三者得知了这份供词以后，将匿名信寄给了白小军呢？这当然是有可能的。但是根据白小军收到匿名信的时间来看，嫌疑人是在他收到匿名信之后才被警方带走的。

也就是说，警方获取供词和白小军收到匿名信这两件事，几乎发生在同一时间。

这同样意味着，它们出自一人之手。

想到这里，陈嘉裕问老陈："你还有当年那个女孩的身份信息吗？"

"当然了，案件卷宗里面有。"

和两人道别之后，陈嘉裕走出面馆，启动车子。车龄十三年的老陆巡哒哒哒响起,他紧紧抓住方向盘,不住思索着。

给警方提供证词是可以理解的事情,但她为什么要同时把匿名信寄给白雨薇的父亲?

已经是十四五岁的年纪了,将嫌疑人的身份告诉怒火中烧的苦主,她必然明白这样做的后果是什么。

4

张恒宇看着word文档上的自动保存进度条,保存完毕以后,他点下"另存为"按钮。确认备份也保存完毕,他这才合上电脑。

这么做的理由是他曾因为自动保存失败,失去过数万字的文稿。对于一个靠写作谋生的人来说,这是不能更惨痛的事故。

他看了看手表,正好十一点半。今天上午写了六千字,按照这个进度继续下去的话,就能够在月底之前完成和出版社约好的长篇小说了。

他伸了个懒腰,打开电动遮阳帘。走出书房之前,他驻足看着书架最顶层摆着的一排书籍。

从左往右数,整整二十本,这是他出版的所有纸质书籍。每逢举棋不定的时候,他都会来看看这些书,它们能给他一种掌控全局的自信。

他推开门,踩着羊毛地毯走下阶梯。

一楼花园旁有一扇落地玻璃,餐桌就在那里。这时桌上已经摆上了几道菜,马露一边解开围裙一边走过来问:"写了三个多小时,一定很累吧?"

"还行。"他挑了挑眉头,观察着面前的女人。她穿着一件几乎没有美感可言的宽松睡衣,头发乱糟糟的,眉眼还像从前一般。可在那些不易被察觉的地方,已经生出了一道道沟壑。

不知道从什么时候开始,他越来越害怕这个和自己朝夕相处的女人。他害怕和她产生任何亲密接触,也害怕被她嘘寒问暖。

这些行为只能让他愧疚,而连他自己都搞不明白,这种愧疚为什么会变成憎恨。

"下午有什么安排吗?"马露把饭碗递过来,侧着脑袋问他,"我看你换了身外出的衣服。"

"和编辑交流点情况,我月底就得交稿了。"

作为首席作者,张恒宇享有令人咋舌的待遇———出版社专门为他配备了一位责任编辑,长期居住在他的城市。

"是吗?"马露说,"写到哪一步了,给我看看?"

"就是普通的悬疑小说罢了,没什么好看的。"张恒宇扒了口饭,"再说你也看不明白。"

张恒宇很快意识到这句话的不妥,立马补充道:"我的意思是你可能不爱看。"

马露给他夹了口菜,看着玻璃窗外的花园:"搬到这栋房子已经七年了吧,不知道怎么,我最近老是怀念咱们最早住的那个小房子。"

"过去的事就不要提了,人总要向前看。"

结婚十年,相识二十年。别人眼里艳羡无比的青梅竹马,真正的心情只有局内人知道。张恒宇在心中自嘲。

"我吃好了，先走了。"他一把抓起外套，朝玄关走去。

"几点回来，晚饭在家吃吗？"

"不知道，到时候再说吧。"张恒宇推开通往车库的门，按下钥匙上的远程启动键，银白色的 volvo 点着了火。

别墅区在市郊，到韩雨的公寓约十五分钟车程。他从扶手箱里拿出一支香水，在领口喷了两下。香水的名字叫大吉岭茶，韩雨送的，他很喜欢。

人在每个阶段做的事情都是发自本心的，最早开始写作的时候，千字百元的稿费都能让他欣喜不已。慢慢地，他开始拿版税，再往后，一本二十万字的小说就能赚到数十万，这是曾经的他不敢想象的事情。

放在女人身上也是一样。如果说少年时代的他和马露门当户对，那么今天的他们已经拉开了很大的差距，这种差距不仅体现在物质上，也包括精神。

他们之间的话题日渐稀少，偶尔的对话也不过是些家长里短的琐事，所谓夫妻关系早就名存实亡了。

车子驶入公寓的地下停车场。他从这里走出，在电梯前驻足。

如果韩雨又向他提起那件事，他该如何回应呢？一直拖下去也不是办法，是时候做出决断了。

电梯门打开的时候，他收到马露的微信消息：今天是咱们的结婚纪念日，可以的话早点儿回来吃饭吧，我去买菜。

他关上手机。

在房门前等待了一阵，里面传来拖鞋踩踏地板的声音。门打开的那一瞬，他僵住了。

防盗门拉开了三十厘米左右的缝隙，正好能让他窥见里面的情况。韩雨一只手搭在门把手上，对他露出狡黠的笑容。

她穿上了情趣内衣。

张恒宇咽了口唾沫，感觉有些渴。他正打算说些什么，门缝里伸出一条纤纤藕臂，一把拽住他的领口，把他拉了进去。

一番巫山云雨后，张恒宇喘着粗气爬到床头，点燃一支烟："不是说看稿子吗，这玩的是哪一出啊？"

"想你了。"

张恒宇吐出一口烟，朦胧的烟雾在卧室氤开。

韩雨被派到宁城担任他的编辑是三年前的事情了。那时她刚从中文系毕业，像每个恰当年纪的女孩一样明艳可爱。

和其他女孩不同的是，她一点都没有掩盖自己对张恒宇狂热的崇拜，也从不吝啬对他一切夸张的溢美之词。张恒宇在与她的接触中，感受到了久违的青春活力。

当时他正处于创作的瓶颈期，是韩雨颇具专业性的帮助让他走了出来。新书问世之日，为了答谢对方，他在宁江畔的西餐厅请她吃了顿饭。

那天晚上，韩雨穿了身亮片长裙。他原本以为这种打扮只会让女人显得俗艳，没想到从韩雨的身上，他看见了一种迷人的矛盾。这是少女的青涩和成熟女人的妩媚产生的碰撞，它只属于这个年龄的女孩。

他恍惚了一瞬，烛火微微摇曳。韩雨拨弄着桌布的流苏，轻咬着嘴唇轻声说道："张老师，我喜欢你。"

他像一盏沉寂已久的烛台，被这句话点燃了。

事实上，韩雨的工作在去年就已经结束了。为了把她留在宁城，他为她买下这座市中心的公寓。从那天开始，她是他一个人的编辑。

"你什么时候跟老婆说那件事？"韩雨把头伸过来，枕在他的大腿上。

想起马露，他忽然有一些不忍。说来惭愧，学生时代自己只是个闷头读书的书呆子，几乎可以说是活在马露的保护之下，如果没有马露，今天的他会变成什么样子呢？

这可笑的羞耻心，或许是他们夫妻之间仅剩的东西了。

想到这里，他低头看了看怀中的韩雨。她正闭着眼睛，修长的睫毛微微抖动着。

"离婚协议书已经拟好了，过两天就给她。"他把烟头掐灭。

"上回去你家拜访的时候，我看见她了。"韩雨说，"她一句话也没有说，就这样看着我，似乎想把我从里到外看个透。她的眼神让我有些害怕。你说，她会不会已经知道咱们的事了？"

不知道才怪，张恒宇想。马露比谁都聪明，她只是从来不说而已。

他忽然又想起读书时的事了。

这让他有些不适。

5

陈嘉裕把车停在街角，仔细观察面前的房子。

这是一栋三层高的欧式别墅，前后独门独户，两院。院子里种植着许多盆栽植物，看起来平日里都精心修剪过。

资料上显示马露的丈夫是一位作家，名字叫张恒宇，想必早就赚得盆满钵盈。

他按下门铃。

看见来客是一位陌生人，女人明显有些惊讶。

和他的想象不同，这是一个非常普通的女人。面色蜡黄，五官算不上精致，鼻子上的驼峰有些违和。她穿着一身碎花家居服，头发随意地扎在脑后，双手拎在身前，刚才应该在做家务。

她的脸呈现着一种病态的蜡黄。

"请问你找谁？"马露的声音有些疑惑，"我老公不在家。"

"你好，我是公安局的。我们最近在整理一些过去的案件卷宗，您是十五年前一宗案件的关系人，所以想找你再了解一些细节情况。"

提到公安局时，他从女人的眼神中看到了一丝转瞬即逝的不安。不过这也不能作为参考，任何一个普通人面对警察时都难免会紧张。

"十五年前……"马露似乎正在回忆着，"那件事不是已经结束了吗？"

"你误会了，我们只是走访一下，完善内部档案。"陈嘉裕自顾自地往屋里面挤，"里面聊？"

马露犹豫了一下，让开身子。

"住这么大的房子，你爱人一定是个成功人士。"陈嘉裕夸赞着，"他是干什么工作的？"

"作家。"

"咱们宁城还出了这么厉害的人物？是我孤陋寡闻了。"

两人走进客厅，马露招呼他在沙发上坐下。

"不知道我有什么可以帮你的？"马露率先开口。

"是这样，我们在卷宗上得知你当年给警方提供了一些帮助，想听您再说一遍情况。"

"该说的我应该都说过了，而且过了这么多年，具体细节也记不太清了。"

"没关系，我来说，你确认一下就好。"陈嘉裕把案情复述了一遍，和马露一一确认，同时观察着马露的表情。

马露双手放在膝上，安静地听着陈嘉裕的陈述，偶尔点点头，确认对方的话和自己的回忆没有出入。在这个过程里，陈嘉裕发现一件奇怪的事情。

这个女人太冷静了，她就像在聆听一个天方夜谭般的故事，和自己没有任何关系。陈嘉裕故意在对话中插入了许多对尸体细节的描述，可是马露没有表露出任何害怕和惊恐的情绪，这有悖常理。

果然，她在隐瞒着什么。

"你和白雨薇是好朋友，对吗？"

"是的，我们是同一个班的。"马露反问道，"这和案子有关系吗？"

"了解案情背景也是工作的一部分，理解一下。"陈嘉裕笑笑，"如果可以的话，多和我说一些白雨薇的事吧。"

"该从何说起呢，其实我们的关系也算不上那么好吧。"马露蹙着眉，像是在回忆着，"只不过她没什么朋友，我算得上一个。"

"她的成绩貌似不是很好,而你是年级里的尖子生,怎么会和她玩在一起啊?"

"初中的时候,她的成绩是很好的。后来父母离婚了,她爸爸去了外地务工,把她一个人留在家里,不知道为什么,慢慢就不把心思放在学习上了。"马露补充道,"我就是在初中的时候认识她的。"

陈嘉裕端起茶杯,小心地啜了一口,饶有兴致地观察着电视背景墙上的挂画。那是莫奈的《睡莲》。

"在有些人的证言里,白雨薇的男女关系有些混乱,是这样吗?"

"我不太清楚。"

"白雨薇回家的那条小径,平常经过的人多吗?你们那天回家的时候,除了嫌疑人以外,现场还有没有别人出现过呢?"

"那是条泥路,下雨天很少有人经过。"

是时候发动攻势了,陈嘉裕想。他放下茶杯,眯起眼睛盯着马露说:"宁城监狱,离你家还挺近的。那里关着个犯人,他的名字叫白小军。"

"是吗?"马露微笑着说。

"他因为杀害奸杀自己女儿的嫌疑人而入狱。可他又是如何知道凶手身份的呢?警方尚在调查初期,不可能泄露凶手的信息,更何况那是一位未成年人。"陈嘉裕把右手放在沙发上,中指轻轻地点着皮沙发的表面。"因为有人给他写了一封匿名信,那封信的内容,和你给警方的证言一致。"

"我想我听不太明白你的意思。"

"你刚才说过,现场罕有人至。那么,当时的情况很可能只有你们三个人知道。白雨薇死了,嫌疑人不可能做出这种无异于自杀的事情,所以写匿名信的人还会是谁呢?"

不待马露开口,他接着说:"匿名信用了一笔一画的楷书,看起来好像无法对证笔迹,但是刑侦技术每一年都在突飞猛进……"

"是我写的。"马露换了个姿势,交叉起双腿,声音依然冷静。

"我想听听原因。"

"我希望他接受应有的惩罚。"

"好了。谢谢你的帮助。"陈嘉裕站起身,"以后可能还要打扰,请见谅。"

"没关系,这是我应该做的。"

陈嘉裕抓起外套。"这都六点多了,你先生还不回家啊?"

"他在处理一些工作上的事情。"马露送他出门。

陈嘉裕走出院子,给马露再次致谢后,大门紧紧关上。他收起笑容,走向停在街边的车。

马露的回答算得上天衣无缝,但是有一个明显的漏洞。

在提到白雨薇时,她急于和对方撇清关系,说她们并不是那么好的朋友。但是在这之后,她却写了匿名信。

作为匿名信的作者,她无疑要承担相应的风险和责任,但她还是写了。根据她的阐述,她希望凶手受到相应的惩罚。

在和马露短暂的接触中,陈嘉裕做出了一个判断:这是一个极度冷静的人,她不可能没有预估到匿名信的风险和代价。为了

"正义"这个可笑的名义而甘冒风险,并且间接让自己的双手染上鲜血,陈嘉裕绝不相信她能做出这种事情。

既然她们的关系并不是那么亲密,她为什么要为对方写下匿名信?

动机是什么?

换一个角度,假设在关系这一点上她说了谎,她们事实上是真正的好朋友。

可她为什么要说谎呢?她想要隐瞒的是什么?

在挖掘往事的过程中,陈嘉裕发现其中隐藏着太多违和之处。他隐隐感觉到,自己所接触到的,只是这个案子的冰山一角。

下一步,是采访真正的旁观者。

6

这是一家五金杂货铺,店面本来就小,加上杂乱的货架和满地乱丢的材料,让人无处下脚。

得知对方是警察,老板马上递过烟来,巴结奉承的话像是机关枪似的从嘴里直往外冒。如果他知道我只是个狱警,还会不会这么殷勤呢?陈嘉裕心想。

"白雨薇的案子你也记得对吧。"陈嘉裕问道。老板是白雨薇和马露的初中同学,他是从学校的通讯簿上找到的。

"这么大的事,我哪能忘啊。"老板拉下电风扇的拉绳,"不好意思哈,店里没装空调,您受点热。"

"白雨薇是个什么样的孩子呢?"

"她啊……"老板不好意思地搓搓手,"前凸后翘,发育得早。老是有男生调戏她,拉一拉她的胸衣带子,开点荤腔什么的。"

陈嘉裕会心一笑,侧近身子问"你也是其中一位吧?"

"哈哈哈……"老板挠起后脑勺。

"最后有没有人得手?"

"那倒没有,说句老实话,她虽然不爱学习,但也不是那种不爱惜身体的人。玩笑归玩笑,开过分了她还是会发火,何况她有个好朋友,看见别人调戏她就会破口大骂,可没劲了。"

"哦,那个朋友叫什么名字?"

"我想想……好像是叫马露吧。对,马露!她可凶了。"老板拎了拎白背心的领口,"这天也太热了。"

陈嘉裕心中咯噔一下。

"她们关系很好吗?"

"很好啊,经常一起勾肩搭背放学回家。白雨薇学习不好,马露还经常给她抄作业呢。"

老板的叙述和马露说的有出入,如果他说的是事实,那么马露明显掩盖了她和白雨薇之间的关系。既然她说谎的事实已经被证明,那么就只剩下动机了。

陈嘉裕的大脑飞速转动着,他继续问老板:"刚才你说有些男生经常调戏她,还有谁啊?"

"我想想……还有一个叫易昶的小混混儿,他可是调戏得最勤的,这货一肚子坏水哪!他还有个小跟班,好像是叫……张恒宇。"

陈嘉裕对这个名字有些印象,这不就是马露的丈夫吗,那位著名作家,这两人原来是青梅竹马。

不过,得知这一点对案情的进展毫无帮助,充其量是一个小小的彩蛋。

著名作家中学时竟然是个混混儿的小跟班,这个黑料放出去不知道会不会火。想到这里,他扯了扯嘴角。

"对了,还有一件怪事。那个易昶啊,在白雨薇死后不久就退学了,据说去打工了,我们那会儿都说他其实是暗恋着白雨薇,大概受不了这种刺激吧。"

"是嘛。"陈嘉裕笑笑。他有些不耐烦,老板能提供的信息估计到这里就结束了。目前为止,能够证明的只有马露在她和白雨薇的关系上撒了谎。

仅凭这一点,就算再加上匿名信,也没有足够的信息供他进一步推测。陈年旧案之所以难破,不仅因为人证和物证的缺失,更因为案件相关人员在漫长的时间里逐渐模糊了过去的记忆。

回忆一旦经过陈年窖藏,就会产生许多扭曲的杂音。

7

坐在警车的后座上,吴仕岚的心情有些复杂。

就在昨天,一位名叫韩雨的女编辑死在了自己的公寓里,现场一片狼藉。因为颈动脉被割裂的关系,天花板上、墙壁上,包括放在桌面上的草莓蛋糕,到处溅满了血液。

案发当天是死者的生日,她提前准备好了蛋糕。鲜红色的草莓果酱和血液几乎一模一样，两者混在一起，让人有些反胃。

死者身中十七刀，现场可以找到大量搏斗的痕迹。凶手很明显是个门外汉，在现场留下了无数指纹。

让吴仕岚感到奇怪的是另外一件事。

从走廊的监控摄像头里，能够看到凶手进出公寓的痕迹。凶手是个穿着家居服的女人，凶器是一把普通的水果刀。

她按下门铃，韩雨开门以后，她举刀便刺在对方的左侧肋骨上。随后两人扭打在一起，跌入屋内。

过了两三分钟，凶手走出门外，身上沾满了血迹。在电梯口站了片刻，她又往回走去。进入公寓后，按照她的口供和法医的推测，为了确认将对方杀死，她再次将刀子扎在了奄奄一息的韩雨身上。

第二次，她扎了五刀，最后一刀是致命伤。

身为刑警的吴仕岚深深明白，杀人绝不是一件轻松的事情。

如果按照正常人的行为模式推断，第一次杀人凭借的是肾上腺素的急剧分泌，那么凶手走出门外以后，肾上腺素分泌量的骤然下降会给她带来一系列副作用：比如浑身发凉，手脚无力，表现在内心的，则是深深的恐惧。

在这个时候，正常人的脑子里只会有一个念头——跑。

但是凶手似乎并不受肾上腺素左右，她的内心怀揣着强烈的杀意，即使已经不在现场，也要回去确认对方是不是已经死亡。

也就是说，这个案子里同时存在着"激情杀人"和"谋杀"两个阶段。以二次杀人的行为做出判断的话，凶手应该是一个极度冷静甚至拥有反社会人格的人。

而且这场粗暴的、毫无设计感的屠杀，完全看不出凶手的智商。

凶手不仅在现场留下了大量指纹，她杀人之后又驱车回到了家中。警方不费吹灰之力便把她追捕归案，她甚至没有想过要逃。

这让吴仕岚产生了一种被戏弄的感觉，他正在面对一只引颈就戮的老鼠。

警车在小区停下，他走入这栋奢华的别墅。凶手的丈夫正坐在空荡的客厅里，脑袋垂在胸前，不知道在想什么。

按照凶手的供词，她之所以杀死韩雨，是因为对方和自己的丈夫有染，这个动机挑不出任何毛病。

或许是因为工作繁忙的缘故，吴仕岚根本没有时间读小说，更不知道宁城住着这么一位著名作家。这个案子应该会上热搜吧，回头就去买几本他的书读一读。

"请问有什么事吗？"张恒宇抬起头。

一夜之间，情人暴毙，妻子入狱。巨大的打击似乎让他失去了表情管理能力。他僵着张脸，不知是哭还是笑，原本整齐的分头散落在额前，看起来有些憔悴。

吴仕岚不知该说些什么，对方刚接受完警方的问话，他也不方便继续刺激他。

"嫌疑……嫌疑人说凶器藏在她房间的书架中，我来取一下。"

"卧室就在楼上左转的第一个房间。"

吴仕岚点点头,径直走上铺着羊毛地毯的旋转楼梯。

卧室和别墅一样,是随处都透着金钱气息的欧式风格。书架作为背景墙设置在床后,吴仕岚走到背景墙前,逐个翻找起来。

很快,他找到了一处空隙,那是被水果刀的刀柄撑开的。他戴上手套,小心地从里面抽出凶器,将它装进证物袋。

"啪"的一声,一本书被刀柄从书架上带了出来,落在地上。

吴仕岚捡起书,正准备把它塞回书架,不经意间看见沾着血渍的封皮上写着四个歪歪扭扭的小字:我的日记。

日记内张的抬头画着个小熊,是小女孩喜欢的款式。最顶端写着一九九八年,作者写下日记的时候年纪应该不大,笔迹透着稚气,有的字还用了拼音代替。

> 班上来了一位新同学,他的名字叫张恒宇。他有些害羞,老师让他坐我旁边,我讲了个笑话,他没有笑。
>
> 张恒宇给我带了一个棒棒糖,我很开心。今天有别的男孩欺负他,被我赶走了。
>
> 张恒宇今天写了个故事,真好看,说的是外星人。世界上真的有外星人吗?我明天要问问他。

三百余页的硬皮本被写满了,除了最开始那一部分,往后的每一页几乎都能看到张恒宇的名字,女孩渐渐成为少女,写法也变得更加多愁善感。

吴仕岚终于明白马露那种杀意从何而来。她深爱着这个男孩,他就像她的生命一样。

很快，日记翻到了最后几页，其中一页的内容吸引了吴仕岚的注意。

2004年6月5日

暴雨下了太久，心情也变得阴郁起来。

今天放学时在门口遇到白雨薇，那个混混儿又在纠缠她，我把他给赶跑了。白雨薇邀请我一起回家。

回家路上，经过油菜花田的时候，他追了上来。不知道灌了什么迷魂汤，三两句就把白雨薇哄好了，两个人拉拉扯扯地进了油菜花田。

我有些担心。

日记结束了。

吴仕岚从兜里掏出手机，把这一页拍了下来，用微信发给陈嘉裕后，将日记塞回书架。

没想到误打误撞找到了真相，真是人生何处不相逢。他哼着小调走出屋子，在别墅门口看见了一个身影。

"我靠，大哥，你无处不在啊？"他捶了捶陈嘉裕的肩膀。

"回警局吗？"陈嘉裕的眉头缩成'川'字，似乎又碰到了难题。

"是啊。"

"我也去。"陈嘉裕率先坐上警车,"你再把这事好好给我讲讲。"

8

审讯室外的桌子上摆着个可乐瓶,几截烟屁股从里面胡乱钻出来。陈嘉裕双手撑在桌子上,和吴仕岚一起观察着单向玻璃内的情形。

马露坐在审讯人员的对面,戴着手铐的双手搁在膝盖上,脸上挂着淡淡的微笑。

为了确保口供没有错误,往往要对嫌疑人进行数次提问。马露的每一次回答都非常流畅,找不出任何破绽。

但这恰恰是陈嘉裕感觉最违和的地方,所有杀人犯被捕后,都会经历一个心理崩溃的过程。即使是真正的反社会人格,在知道自己无法掌控当下局面之后,一样会产生难言的焦虑和狂躁。

从杀人到被捕再到审讯的整个过程中,马露都表现得太冷静了。与其说是受刑,她更像是个殉道者。

或许我们没有找到打开她心门的那把钥匙,陈嘉裕心想。那把钥匙究竟会是什么呢?

"事情发展到这一步,你可以回去给那位犯人交差了。"吴仕岚说,"从她十五年前的日记上,我们找到了一模一样的证言。日记是给自己看的,她没有必要说谎。"

马露杀害韩雨的日子,正巧是在陈嘉裕拜访那天的下午。这也意味着,在陈嘉裕离开她家不久后,她就去韩雨家杀人了。

可是陈嘉裕当时并没有从马露身上看到什么反常的地方,更不要说杀意。

促使她杀死韩雨的真正动机是什么？他拼命思考着。忽然，一个模糊的推测出现在他的脑海，莫非对方杀害韩雨的事情和他的到访有关？

只是这个推测并没有赖以成立的基础。

"你刚才说，她那本日记里写的全是和张恒宇有关的事？那就立刻开始调查张恒宇吧。他的行踪也好，通话记录、银行卡记录……"

"理由是什么？"吴仕岚无奈地说，"这个案子查无可查，就等着结案了。"

"我想知道更多。"陈嘉裕说，"难道你不想吗？"

陈嘉裕一把推开审讯室的隔音门。

"真是乱套了，一个狱警在公安局横冲直撞。"吴仕岚摇摇头，走出审讯室，嘴里嘟囔着，"就算我也想知道吧……"

陈嘉裕给坐在马露对面的刑警打了个招呼，说让他先去吃点饭。对方感激地笑了笑，把位置让给了他。

"你还真是能给人惊喜啊。"他说，"一天不见，你就杀了个人。"

"你也是。"马露抬起头，那张脸在强光的照耀下显得更加蜡黄。

"在和你接触的过程中，我越来越好奇一点。你应该是个极度理性的人，为什么会做出这些头脑发热的事情呢？匿名信是，杀人也是。你的驱动力究竟是什么？"陈嘉裕压近身子，"你应该早就知道你丈夫出轨的事吧？"

"你有什么根据吗？"

"案发现场有一股很浓的男士香水味,这瓶香水就放在张恒宇的车上。你说一个天天在家写作的人,为什么要喷香水呢?"陈嘉裕跷起二郎腿,"某种意义上来说,你老公也算不上一个聪明人。"

"一瓶香水能够说明什么?"马露边说边摩挲着手铐的边缘。

她在说谎。

"杀了一回不够,还要再进门杀第二回,你也是够恨她的。"

马露自顾自把玩着手铐,仿佛被铐住的不是她,而是她用双手铐住了手铐。

从她这里什么都问不到,陈嘉裕静静地看着马露,反复思索着。

审讯室外传来敲门声,他打开门。

"出来说。"

"没关系,在这儿也行。"陈嘉裕用眼角的余光看了一眼马露。

"张恒宇这个人,确实有点问题。"

马露的肩膀微微抖动了一下。

陈嘉裕一把关上审讯室的门。"说吧。"

"他的社会关系很简单,日常联系的就那几个人,所以很轻松就查完了。"吴仕岚递上一瓶可乐,"问题就出在他的银行卡记录上。我们查到二〇〇八年,也就是十一年前,张恒宇曾经给一个银行卡账户定期汇款,每个月一次,数额不小。这样的汇款记录保持了五年,一直到二〇一三年才停止。"

"收款人是谁?是男是女?"

"男性,名字叫易昶。"

"易昶?"陈嘉裕惊讶地叫道,又是一个熟悉的名字。

按照五金店老板的描述，张恒宇曾经是易昶的小跟班，他们同属于一所学校。白雨薇去世之后，易昶外出务工，没了音信。

从汇款记录来看，二〇〇八年到二〇一三年，易昶和张恒宇一直保持着联系，至少是经济上的联系。

可是为什么早不联系晚不联系，偏偏从二〇〇八年开始联系呢？那一年发生了什么？又是什么让张恒宇停止了汇款行为？

假定是借贷或者偿还行为，那张恒宇借出这笔钱为什么要按月打款？至于偿还，二〇〇八年的时候张恒宇已经是小有名气的作家，应该没有经济困扰才对。

"这件事越来越有意思了。"陈嘉裕将从五金店老板处获得的信息告诉吴仕岚后，对方也陷入了思考之中。

"我们先去询问一下张恒宇？"

陈嘉裕摆摆手。

"不如先去见见他的大哥。"

9

高铁如箭般飞驰。

陈嘉裕躺在座椅上，手边摆着一本从火车站书店买来的书，书名叫《动土》。他没有读小说的爱好，只因为作者是张恒宇才买的。

不过他此时并没有读书的心思。

在寻找易昶这个人时，他首先想到的是他的父母，不管在哪里务工，他至少会和家人保持联系。

从邻居的口中，他得知易昶的父亲是个酒鬼，每次喝了酒回家就打老婆孩子，是个不折不扣的烂人。

易昶的父亲已经因为酗酒过度而过世了，母亲在一家家政公司从事清洁工的工作。当陈嘉裕找到这个女人时，对方告诉了他一个晴天霹雳般的消息。

二〇一三年之后，易昶再也没有给家里打过电话。准确来说，他和母亲断了联系。

易昶从小就不是个省油的灯，母亲知道他的秉性，以为他在外面又闯了祸，心灰意冷，便也没动过去找儿子的心思。

听到二〇一三年这个时间节点时，陈嘉裕浑身的汗毛都竖起来了，他头一回感觉自己触摸到了冰山之下隐藏的秘密。

二〇一三年，恰恰正是张恒宇停止汇款的年份。张恒宇和易昶之间必然存在着某种隐秘的关系，而这种关系，和易昶的失踪有着不可摆脱的必然联系。

列车的速度渐渐慢了下来，周围能看到一些工业园区，列车广播传来机械女声：前方到站，东城。

根据母亲的叙述，这是易昶逗留的最后一个城市。

陈嘉裕在车站打了一辆出租车，径直奔向了工业园区。出示证件之后，工厂保安立马通知了上级。对方确认易昶曾经在这里工作过，直到二〇一三年四月。

坐在保卫科办公室的沙发上，陈嘉裕接过肥胖的保安科长递来的香烟，皱起眉头。"连招呼也没打就走了，你们都不知道查一查？"

科长赔着笑说："我们这种厂子，工人流动性大，经常有人忽然就走了。这些个盲流,您懂的。"他从一旁拿过开水壶,给陈嘉裕面前的茶杯续上水。

"那个月的工资他领了吗?"

"我看看。"科长坐回电脑前,摆弄了几下,忽然皱起眉头,"奇了怪了,没领工资啊。"

门口传来一阵脚步声,一个畏畏缩缩的中年人露出个脑袋。"领导,找我?"

"哎呀,这就是您要找的人,当年和易昶在同一个工位的。"科长招呼着男人进来,"好好协助警察同志工作,我就先出去了。"

"坐。"陈嘉裕示意,"你贵姓?"

"叫我老王就行。"

"你当年和易昶是一个工位上的同事?那一定聊了不少吧。"

"他犯了什么事吗?"老王的表情紧张起来。

"没有没有,就是有个案子需要了解他的一些资料。"陈嘉裕说,"在你的印象里,他是一个什么样的人?"

"赌鬼。"老王说,"挣的那点钱全给他赌光了,还天天跟我吹呢,说是要发大财。"

"具体说说。"

"有那么一阵子,他特别乐呵,悄悄摸摸地给我看他的收账记录。好家伙!连着几个月,每月两万元!"老王回忆着,"他是那种爱炫耀的人,心里藏不住事儿。不用我问,自己就给说出来了。他说,他有一个朋友发财了。"

"人家发财关他什么事啊?"陈嘉裕递了根烟,老王双手接下。

"他说,因为他知道一个天大的秘密,这事要是捅出去,那个人就没法混了。"

"哦,是吗?什么秘密?"

"这个他不说。"

"一个月能拿两万元,还上什么班啊。"陈嘉裕给他点上火。

"那点钱真不够他赌的。"老王说,"那时候厂里包吃不包住,他连房子都租不起!每个月初就把钱赌光了。"

"住哪儿呢?"

"烂尾楼,离厂子就七八百米。"老王指了个方向,"现在都没修好呢,听说老板跑了。"

烂尾楼。陈嘉裕在心中默默记下。

"他离开厂子之前,有没有跟你说过些什么?"

老王眯起眼睛嘬烟,过了一阵,他脱口而出:"对了,三月他给我说,家乡来了个女人。虽说不太好看吧,这段日子也不用去找野鸡了。"

"女人?你见过吗?"陈嘉裕的心提到了嗓子眼。

"没有。"老王摇摇头。

"女人待了一段时间?"

"待了好一阵呢。"老王接着说,"后来他走了,我也没多想,只当作是被女人给拐回家乡了。"

"您再给我指一次烂尾楼的位置。"

走出工厂,陈嘉裕立马拨通了吴仕岚的电话:"查一下,二〇一三年三月到四月之间,马露有没有外出记录……还有开房记录,记得也查一下。"

"有发现了？"

"大发现。"陈嘉裕挂断电话，加快脚步。

烂尾楼位于两个工厂中间，看模样像是办公大厦，周围布着些有气无力的围挡。楼上架着个锈迹斑斑的吊机，就像昨天还在施工一样。

杂草已经长了一人高，看样子几乎没什么人来。陈嘉裕用衣袖捂住口鼻，穿过杂草中的泥塘后，来到一楼。

地上能看到些瓶瓶罐罐，不过应该是很久之前的了。仔细看的话还能发现一坨坨的风干粪便，不知道是什么动物的。

陈嘉裕一边思考着，一边逐层往上搜索。

老王提供的证言无疑是一个巨大的发现。目前可以确认的是，张恒宇和易昶之间存在着某种胁迫关系，易昶知道了他的某个秘密，并且用这个秘密长年向他索取钱财。

如果吴仕岚的调查结果能够证明他的猜想，那么二〇一三年三月来到这里的女人就是马露，之后她很有可能和易昶发生了肉体关系。并且，在马露来到这里一个月后，易昶神秘失踪了，他与张恒宇的胁迫关系也就此戛然而止。

想着想着，他感觉脚上踩到了某种硬物，下意识地抬脚踢开。

它缓缓滚动着，停在天台的边缘。

那是一个骷髅头。

10

得益于技术的进步，人类发明出高铁这种前所未有的交通工具,从宁城到东城,也不过四五个小时路程。

在高铁尚未出现的二〇〇四年,坐在绿皮火车上的易昶会是什么心情呢?

吴仕岚证明了陈嘉裕的所有推测。

二〇一三年三月,马露购买了前往东城的火车票,并且在当地的旅馆住了一个月之久。根据老板娘的回忆,当时除了她以外,还有一位男子。

虽然在等待DNA的鉴定结果,但是几乎已经可以确认头骨来自易昶。

根据这些线索,已经足够还原一个可信的事实:十五年前,奸杀白雨薇的正是张恒宇。

易昶或许是本案的参与者,也或许是一个受到威胁的普通人,但他的辍学一定和奸杀案脱不了干系。

为了保护张恒宇,马露做出了虚假的证言。为了更保险一些,她将匿名信寄给了白小军。她深知白小军的心智已经被仇恨蒙蔽,便鼓动对方杀死了嫌疑人。

王超被怀疑的唯一理由,是她寄出的匿名信。匿名信算得上是个冒险的举动,如果警方深入调查,很快就会在动机和不在场证明上找到疑点。一旦证明王超不是真凶,案件的调查将会重回正轨。那也意味着,她的恋人将不再安全。

她必须杀死王超,幸运的是,白小军心甘情愿地走进了圈套,替她杀死了对方,案件的调查彻底陷入僵局。

这个十几岁的小女孩,操控着身边的大人们。

即便如此,她仍旧不放心。或许是在几年之后,她再次想起这件事，又为自己的爱人上了最后一道保险。

她将虚假的经历写在日记本里，即使匿名信败露，凭借这个日记本，她也能帮助张恒宇远离案件的中心。

或许，正是因为陈嘉裕的拜访，让她察觉到了危险。

十五年前的案件重新开始了调查——这是陈嘉裕给她传达的信息。

所以她才会悍然杀人，并且将凶器放在日记本旁边，营造出一种被无意间发现的假象。

这件事里唯一的疏漏，就是易昶的反水。易昶持续五年时间的勒索，让张恒宇痛苦不堪，于是马露前往东城，以肉体引诱，最终在烂尾楼里杀死了易昶。

但是推理到这里，还有一个难以解释的疑点，陈嘉裕心想。

即便是希望让警方找到日记本，也有其他的方法可以用，为什么要杀人？这不是她的作风。

易昶勒索了五年，她也忍耐了五年，直到二〇一三年才动手杀人。可是为什么，这一次只是受到了轻微的打探，就决定杀人呢？

以她的头脑，完全可以找到更好的解决办法。

陈嘉裕苦思冥想着，忽然瞄到了脚下的包，一本书的边缘正露在外面。

这是来时买的那本《动土》。

书中的主角是一位德才兼备的好学生，却遭遇了校园霸凌。另一个孩子正好路过，随手搭救了他。后者是附近出名的坏孩子，外号叫山鸡，当然，得名自那部诲人不倦的电影。

对于这场搭救，书中并没有正面评价。在作者的眼里，山鸡只是因为无聊才做出这种举动，并未有丝毫的同情。

这件事发生以后，主角变成了山鸡的跟班。在山鸡的胁迫下，他和对方一起干了不少坏事，但这并非出于他的本意。

在校园世界里，异类就代表着被欺凌。他不能做出违背山鸡意愿的行为，否则就会被抛弃。

日子一天一天流逝，两人继续维持着这种畸形的关系。

有一天，两人相约去附近的油菜花田玩耍，看到了一个路过的女孩。

女孩哭得梨花带雨，山鸡见状上前搭讪，不料对方扭头便走。山鸡面子上有些挂不住，拉着女孩推搡了几下，女孩失足落入田中。

女孩声称要把这件事告诉老师，山鸡捂住她的嘴巴，生怕被路人听见。他就这样紧紧捂着，因为太激动了，甚至没有发现女孩停止了挣扎。

女孩死后，山鸡一不做二不休，对尸体做出了神也不能宽恕的行为——这里是作者的原话。

发泄完兽欲，他扭头看向主角："一起来吧，谁都别想跑。"

暴雨如注，一场洪水正在蓄势待发。

读到这里，陈嘉裕的后背已经湿透，他重新翻回书封，上面写着："中国的东野圭吾，恶魔附身执笔写下的杰作。"

他从来没有想过，自己苦苦追寻的真相，就这样大大咧咧地被张恒宇写在书里。这本书的读者也没有想过，它的作者并没有被恶魔附身，他本身就是恶魔。

在马露的保护之下，张恒宇一直远离着奸杀案的中心，没有人会把他和案件联系在一起。就算有相关人士读到这本书，大概也会以为，他只是从真实事件中取材罢了。

即使如此，他的胆子也太大了。

下车以后，陈嘉裕首先去了医院。

据医生所说，白小军已经陷入了严重的休克，这意味着他将在这样的状态下迎来死亡。不过对他来说，这或许也并不算坏。

陈嘉裕拉开沉重的窗帘，阳光射入病房。

"我一定会抓到那个恶魔。"他说，"还有因恶魔而生的怪物。"

11

警车行驶在高架桥上，陈嘉裕紧紧抿着嘴唇。

"你知道最让我愤怒的事情是什么吗？"陈嘉裕说，"张恒宇这个人，把自己的所有罪责都心安理得地推给了别人。他在书里写的这个主角明显就是自己，他把自己做的事全部归咎于易昶的逼迫和怂恿。为了保护他，妻子杀害了易昶和韩雨，白小军杀死了王超，而他的双手从来没有沾过鲜血。"陈嘉裕紧紧咬着牙关。"他从来不认为自己有罪！"

"提审马露！"吴仕岚的拳头重重地砸在方向盘上，"到了这个节骨眼上，我不信她还能继续保护张恒宇。"

"我来告诉你，你能问出什么来。"陈嘉裕摇摇头，"她会把所有的罪责都揽在自己身上，你什么都问不出来。"

"以爱为名的犯罪者,内心都隐藏着极强的信念,他们坚信自己所做的事是正确的,这信念不会因为几场审讯而坍塌。"

"那我们怎么办?"

"找到那把钥匙。"陈嘉裕说,"提审张恒宇,三十多岁的人了,他也是时候该站在台前了。"

"有件事我必须告诉你。在例行检查中,我们发现马露已经患上了肝癌。三期,没法救。"

陈嘉裕和吴仕岚抵达警局的时候,张恒宇已经被召至审讯室。

吴仕岚朝陈嘉裕点点头,拉开审讯室的门。"别挂着一副怀疑一切的样子,我才是刑警好吧。"看到陈嘉裕还是满脸的怅然若失,他低声补充道,"相信我。"

陈嘉裕不是刑警,没有正式审讯的权力。

审讯室内,穿着得体西服的张恒宇像是个好奇的孩子左顾右盼。看见吴仕岚进来,他颇具绅士风度地点点头。

吴仕岚笑了笑,他太了解这种人了。

在社会上拥有一定权势的人,有一种与生俱来的自信感。这种自信来自他们的成就,他们相信自己能够控制局面,不论在哪里。

即使是在审讯室里,面对着数百瓦强光的照射,这个人也显得漫不经心。吴仕岚的心中燃起了熊熊的怒火,他努力克制着自己的情绪,在椅子上坐下。

他朝单向玻璃的方向看了一眼,再次点头。

拿出手机,他玩起了消消乐。

只有时间才能让他认识到,这是他不能掌控的情况。

十分钟过去了。

半个小时过去了。

三个小时后。

通过余光,他看见张恒宇已经没有了那副轻松的模样。他的一只手不住挠着自己的大腿根,像是试图挠去一块顽固的股藓。

他开始焦虑了,吴仕岚心想。

"你杀了白雨薇。"吴仕岚说,"先奸后杀。"

"我不知道你在说些什么。"张恒宇的脸上涌上一股妖异的红晕。

"十五年了,你是不是觉得我们都是酒囊饭袋,是抓不到犯人的废物?"吴仕岚猛地拍了一下桌面,"你是不是觉得,你可以从此安享太平,做你的黄粱美梦?"

张恒宇被这声巨响惊着了,身体不自觉地往后缩了缩。

"二〇〇四年,你和易昶在花田奸杀白雨薇,一场洪水摧毁了全部物证,在你妻子的庇护之下,警察甚至都没有查到你的头上来。"吴仕岚接着说,"但是你妻子招了,供认了一切。"

希望这招能管用,吴仕岚想。

张恒宇的脸上出现了疑惑的表情:"她招了什么?"

张恒宇的表情让吴仕岚有些讶异,这种表情不像是伪装出来的。于是,他把匿名信和日记的事情一件一件讲了出来。

他观察到对方的脸色变得越来越苍白,嘴唇微微抖动着,像是想要说些什么,话却堵在了嗓子眼。

"我……我全部都不知道。"张恒宇轻声说。

"二〇一三年,她杀害了易昶。从此之后你再也没有履行过和易昶的约定,你能说你不知道吗?"

"易昶是她杀的?"张恒宇像是被抽干了似的,无力地瘫倒在座位上。"二〇一三年,她和班上的同学出去旅游。回来以后,她告诉我易昶死了,在外地被车撞死了……"

他竟然什么都不知道。

这个人在妻子严密的保护下,安宁地生活了十五年。

吴仕岚的双手从桌上滑落,脑袋后仰在座位上。望着明晃晃的白炽灯泡,无力感从他的心中升起。

他竟然什么都不知道。

他活了三十几年,从来没有长大过。

审讯室的大门悄然打开,掌声轰然响起。

12

宁城看守所因地制宜,建在了监狱的旁边。陈嘉裕一路驱车来到看守所,和警卫打了个招呼,把车开了进去。

在探视间等待了一会儿,马露来到了玻璃前。她在凳子上轻轻坐下,摆弄着面前的话筒,和被捕的时候相比,她的脸又黄了许多。

"喂?"扬声器里传来马露的声音。

"张恒宇招了,把所有的事情都供了。"陈嘉裕说,"我赢了,我找到了那把钥匙。"

马露没有说话,她的脸上看不见半点波澜,似乎早就预料到了眼下的情况。

"我有一些问题想要问你。"

"到了这种时候,你想问什么就问吧。"马露无奈地笑笑。

"为什么要杀死韩雨?你的目的是让警方发现日记,完全可以换一种更加聪明的方式。"

"这件事不仅是为张恒宇做的。"

"嗯?"

"我为他活了一辈子,现在快要死了。"她柔声道,"我想为自己做一点事情。

"我从前以为,和张恒宇相爱、结婚、走向生命的尽头,是我这一生最重要的事情,也是我活着的意义。但是这个女人,她掠夺了我的人生。"

"做出伪证的那一刻起,你就已经放弃了人生。"

"换作是你,你会救吗?"马露说,"害几个无关紧要的人,救你这辈子最亲最爱的人,你救吗?"

陈嘉裕没有说话,他不知道该如何回答。这个问题摆在任何人面前,他们都无法回答,或者不敢。

"你相信因果报应吗?"

"我不知道。"

"白雨薇的父亲今天走了,他得的病也是肝癌。"

这句话似乎给马露带来了极大的触动,她僵了一瞬,毫无预兆地开始号啕大哭。

陈嘉裕走出看守所,看守所的高墙和监狱是共用的,他一转头就来到了监狱。

他还有最后一个问题要寻找答案,确切地说是验证自己的答案。

操场上能看见几个打门球的老人,环顾了一圈以后,他朝不远处的树荫走去。那里坐着一个佝偻的背影。

"马老师?"听到这句话,老人缓缓转过头,他扶了扶金丝眼镜,不解地看着陈嘉裕。

"我看过案件卷宗,您就是当年宁江水库的总工程师,因为失职导致水库决堤,担负刑事责任入狱,对吗?"

"这件事我已经没什么好说的了。"老人站起来,似乎急于离开。

陈嘉裕一把抓住对方的胳膊。"打开六道水门的密码在您手里,您是如何做出那个决断的呢?按照安全手册,进行这种操作前必须得到水库全部主要负责人的许可,为什么您一个人都没有通知?"

"水位……水位已经在很危险的值上……"老人的声音颤抖着,脸颊上流下一行冷汗。

"据我所知,您当年是住在坝上的,对吧?您还有一个独生女,她的名字叫马露。"

忽然间,老人不知从哪儿来的力气,一把挣开陈嘉裕的手。"我没什么跟你说的,你回去吧!"

看着老人离去的背影,陈嘉裕并没有追上去。

有些事情是无论如何也问不出来的。

以爱为名的人,所向披靡。

深渊　————

1

最初流出来的水中夹杂着细碎的锈斑，像混在水中的虫。等待污水流尽的时候，胡克从上衣兜里拿出随身携带的清洁剂，在手背上挤了一些，双手交握，用力揉搓起来。

他小心地将清洁剂涂满双手的每一个角落，想象着微不可见的致病菌们正在被一点点杀死。

反复清洗三遍之后，皮肤已经微微泛红，他从洗手间里走出来。店面门口的"心理援助"牌被当作路障，后面站着四五个年轻人。他将视线移回面前的办公桌，对面的女孩迎上他的目光，她穿着条素净的九分牛仔裤，下面露出两截白皙纤细的小腿。

她又会有怎样的故事呢？

他将沾着水珠的袖口卷起，对女孩露出友善的笑容，他伸出手说："你好。"

女孩的手柔软、温暖，一束微弱的电流从她的手掌爬上胡克的小臂。胡克松开手，在沙发上坐下。"我想，你应该刚毕业不久吧。"

"嗯。"

"现在正在找工作吗？情况怎么样？"胡克朝门外瞟了一眼。住在三河这个地方的人，不是在找工作，就是在找工作的路上。

"不太理想。医生……我觉得心里有点闷，像是被什么东西裹住了。最近连别人的话也听不太清楚，传进耳朵里的声音也是闷闷的。"

胡克在笔记本上胡乱记录着，伸手将一缕散落的额发捞回耳后，他抬起头问："但有的事情能让你开心，比如说……跳舞？"

"啊？你怎么知道的？"女孩惊讶道。

胡克摇头笑笑，又在笔记本上写写画画起来。他想，一会儿要好好洗个手。

两个小时后，太阳和月亮同时出现在天空的两端，胡克送走今天最后一位病人，拉下诊所的卷帘门。

他从兜里掏出钥匙。三河村大型停车场的角落里停着他的车，一辆墨绿色的奥迪A7。大学毕业七年后，父亲将这辆车送给他，他喜欢它利落的棱线。

三河的街道污秽不堪，遍地都是塑料垃圾和昨夜醉汉留下的呕吐物。他尽量挑选干净的路面，艰难地前进着。他目光扫视着地面，以至于无暇注意眼前的人流，不小心撞上了另一个匆匆回家的人。

"不好意思。"他揉着肩膀，向对方抛去歉疚的微笑。那是一个四十岁上下的男人，有一头坚硬的碎发，似乎在刻意躲避他的眼神。

僵持了几秒，对方敷衍地伸出手，和他握了握，一瘸一拐地离开。

电流爬过手臂。他回忆着这只粗糙的手，手上似乎长满了尖锐的茧子，刺得他有些疼。

该洗手了，他想。

2

二〇一八年十二月。

错综复杂的电线杆和线路绞缠在一起,如同在楼宇的缝隙间伸展的发丝,几乎填满了原本就狭窄的空间。被称作"三河"的城中村里,居住着超过一万的流动人口,死者应该也是其中之一。

吴仕岚将车停在城中村入口处的停车场,一辆墨绿色的 A7 吸引了他的注意,它停在一堆面包车和廉价轿车中,显得有些突兀。他又想起电话里所说的那具尸体,这里原本不是他所在分局的管辖范围,一切都怪那具该死的尸体。

人类如同蚁群般聚集在警戒线周围。吴仕岚艰难地拨开面前的人群,挤到驻守现场的同事跟前。这是个二十岁出头的年轻人,脸色苍白,额头上不停滴落着冷汗,看样子去过现场。

"是谁发现的?"吴仕岚给他打了根烟,眯起眼睛朝楼上看去。从水泥墙面往上,是被电线填补的天空,天是灰色的,被楼面挤压成一条缝。如果不是仰着头的话——吴仕岚想:天空就像深渊。

不知是不是错觉,他从空气中嗅到一股若有若无的腐臭味。

"房东,"他说,"来收租金的,尸体被发现的时候……已经整个烂掉了。"

臭味变得浓郁起来,这股黏稠的味道像是生了脚的虫子,攀附在每一个见证者身上。

吴仕岚拍拍同事的肩膀,转身往楼上走去。法医还没有给出报告,现在是十二月,既然尸体已经腐烂,那么死亡时间恐怕不止一两个星期。他跨过单元门口前拉起的警戒线,接过一条递来的湿毛巾，捂住鼻子，朝阴暗的客厅走去。

鞋子底部传来一声异响，像是踩上了什么液体。他将鞋底在瓷砖地面上蹭了蹭，叹了口气。这是尸体重度腐烂后产生的液体，看来这股臭味要纠缠自己很久。

灯光昏暗，黝黑的人形肉块膨胀或球状，这是巨人观的表现。如果有人用圆珠笔戳一戳这具尸体，它会从内部炸开，把周围每一个人的脸涂抹上汁液。从头发的长度勉强能看得出是女性，顺着尸体往下看，以膝盖为分界线，整条小腿被切断了。

血液从小腿的断面喷射而出，为周围的地板和墙壁溅上墨一般的黑色——凶手犯案后拿走了小腿。

初步推测死因是机械性窒息，凶手勒死了她后，锯下她的小腿。不，或许是用某种布片类的东西塞住她的嘴巴，一点点锯下她的小腿，沉默地看着她因剧烈的痛苦而涣散的瞳孔。

生割。

吴仕岚想起他们发现那些小腿时的情景：凶手把所有的收藏品放在厨房的橱柜里，他小心地拉开木质柜门，四个盛满福尔马林的罐子排在架子上，里面浸泡着四对纤细的小腿，最后一位死者的脚趾甲上有着可爱的草莓图案。所有人离开现场后都吐了，包括他自己。

锋利的锯子就躺在角落，凶手定期更换它的锯面，每一个锯齿都崭新锋利，保证不会被骨头的缝隙卡住，或者断裂。

"死者是宁城大学的毕业生，她一个人居住在三河，目前正在找工作。据她的朋友说，大概是两个月前和她失去了联系。她们以为她离开宁城了，便没有往深处想。"旁边的刑警对吴仕岚说,"这也与法医的初步判断一致,从腐烂程度来推断死亡时间,很难保证准确性。"

"目击者呢?"吴仕岚的目光仍停留在尸体上。

你一个人住在城市中阴暗的角落,你的人生才刚刚开始,你对未来充满希望……你毫无防备地打开家门,迎接一个即将夺走自己生命的人,那个人是谁呢?

"三河这个地方很杂,住在这里的大都是流动人口,所以暂时没有找到目击者。现在正在调查死者生前的社会关系。"

吴仕岚小心地绕过尸体,走进一旁的卧室。铁质的单人床上铺着绘有草莓图案的床单,书桌上摆着一些教科书。他在桌前蹲下,朝床底看去,那里躺着两双帆布鞋、一双看起来有些廉价的皮鞋。在更深的地方,有一缕红色。

他单手撑住地面,用另一只手向床底摸去。不多时,他掏出了那双鲜红色的舞鞋,女孩一定很爱护它,光滑的皮质鞋面几乎能当镜子用。

是他的手法,舞男。

3

回程的路上,吴仕岚一直在想着那封检举信。检举信里记录着舞男的一切,他们几乎不费吹灰之力就在三河抓到了他。原来他一直藏匿在这里。

匿名信是在半年前收到的,就放在警局门口的信箱里。它用A4纸打印,装在随处都能买到的牛皮纸信封里。传达室的大爷把它拿进来的时候，办公室里凑巧只有吴仕岚一个人，他成了这封信的第一个读者。

信件的抬头是"检举信"，检举而不是自首，这很重要。

仲夏的傍晚，夜幕像块薄纱盖在这个海滨城市的头顶，它无形无状，无孔不入，它披在海滨骑着自行车的老人身上，披在一辆从街道上缓缓驶过的奥迪100小轿车上，也披在周露莎漆着红皮的漂亮舞鞋上……一切事物都被这无形的夜色笼罩着，有种难言的迟滞感。

这双鞋子是周露莎花了二十元从百货大楼买来的。烫着大波浪的精明售货员盯着她的脚踝赞不绝口，夸张地描述着她穿上这双舞鞋的绝美姿态。她有些不好意思，也顺着她的眼睛去看。

那是一对多么漂亮的脚踝啊，纤细，骨感，稿纸般脆弱白皙的皮肤下浮着肉眼可见的青色血管，每一个看过的人都会说她适合跳舞。

她回头去看，潮水像泼墨一样不停袭击着苍白的沙滩，潮水退去的时候，沙滩被染成一片浓郁的黑色。黑色是贪婪的颜色，它吞噬一切。

卫校毕业以后，她被分配到江城工作。三个月后，一千五百千米外的男朋友和她分手。为了他，她放弃了每一次展示这双脚踝的机会，而现在她知道，她必须跳舞。

这个俄罗斯风格的红色洋房和她脚上的舞鞋一样，在整条街一水冷色调的建筑中显得格外突兀。这里曾经是一家俄罗斯餐厅，因为经营不善而倒闭，被热爱舞蹈的年轻人们租了下来。

她竖起耳朵，隐隐能听到窗户里透出的华尔兹音乐，单薄的木门不安地微微张合。她捂住胸口，有些紧张。

门上挂着小虎队的海报。她推开门，在三十平方米不到的空间里，人们围成一个圈，中间有四五对搭档翩翩起舞。人们没有酒，脸上却泛着微醺的桃红，像是一颗颗可爱的甜点。

她低头看着光滑的杉木地板，试着用脚跟蹭了蹭，就像踩在冰冷的丝绸上。地板下面应该装了弹簧，跳起来会给人一种美妙的回弹。

她常常看别人跳舞。学校里没有舞房，但是人们发挥了出色的创造力，食堂的地面长期被油脂浸润着，只需撒上些滑石粉，被人们的脚步晕开，也能充当一块勉强及格的舞池。只是这样的人造舞池，无论如何也比不上她脚下这块。

这时她发现自己遗漏了一件重要的事情——华尔兹是需要舞伴的，而她在这里并没有熟识的伙伴。她有些失望，又提不起勇气主动邀人一起跳，只好将目光左右逡巡着，幻想着幸运降临。

除了拥有一双美丽的脚踝以外，她算不上好看的女孩。

就在这时候，她和他的目光相接。

她的心脏猛烈地跳动起来，她接收到了对方给出的信号。他穿着一身靛蓝色的牛仔服，是时下最流行的款式，剃着干净的小平头，这让她对他产生了好感。她喜欢干净利索的男生。

他长得异常俊美,就像《红楼梦》中的贾宝玉。

他挑挑眉,向她投出探询的眼神。她点点头。穿过喧闹的音乐,他缓缓走过来,痴痴地注视着她的脚踝,就像所罗门注视着宝库中最璀璨的那颗珍珠。

她低下头,双手在涤纶裙摆上来回磨蹭……

读到这里,吴仕岚的冷汗已经浸透了背脊。这封信太奇怪了,它就像是从某部小说中摘取的段落,翔实地记录着画面的每一个细节。而更令他震撼的,是另一个地方。

信件的抬头已经说明了这是一封检举信。而所谓的检举信,是指除犯罪者和受害者之外的第三人,以某种形式揭露罪恶的材料。在这个层面上,即使那个检举者目睹了凶手作案的全部细节,他能够写出的,也不过是描述案情的"照片。"

照片是记录事件的材料,它能充分地展现事件中的每一个细节。但照片本身是无法表达情绪的,能够表达情绪的东西是"绘画"。

这封匿名信,就像是一幅绘画。写下这封匿名信的人,不仅记录了当时的情景,它还原了当事人心中每一寸晦暗的情绪——阴暗的天气、沉闷的气压,以及声音和颜色。

吴仕岚接着往下看,之后的叙事节奏变得越来越快。匿名信讲述了文中的那个"他"是如何将周露莎骗到自己的出租屋,将她捆在厨房的椅子上,用一把钢锯从膝盖处锯下她双腿的。

看到这里,吴仕岚皱起眉头。叙事节奏再次变慢了,写作者不厌其烦地描述着凶手锯断受害者双腿的每一个细节,病态的真实感重新回到纸面。

他转身走向厨房,这几天有些雨水,左腿又隐隐作痛起来。女孩已经醒来,一双眼睛直勾勾地盯着他。他不在意,顺着对方的视线往下看去,她有着多么漂亮的一双脚啊,当这双脚踮在地板上的时候,一定会成为所有人视线的焦点。

"可是你为什么不尖叫呢?"他说,"每个人都会尖叫。"

吴仕岚快速地跳过这些段落,最后一段里,写作者记录下了凶手的藏尸地点。他翻到下一页,那又是另一个故事。

每一个故事大概有一万到两万字,全文共有四个故事。这意味着,如果这封匿名信上记录的都是事实,那么死者至少有四个人。

第一个故事里提到了旧版《红楼梦》电视剧和小虎队这些时代特征,周露莎的故事明显发生在二十世纪九十年代。这时办公室里陆续有同事走进来,吴仕岚打开电脑,输入"周露莎"这个名字。不一会儿,页面上出现了一排相同的名字。

文中的周露莎刚从卫校毕业,年纪约在二十岁上下。那么死者应当是出生在二十世纪七八十年代的人,并且在九十年代死亡或失踪,吴仕岚一一排除着不符合条件的人。很快,他找到了周露莎的资料。

"周露莎,一九九六年七月十二日于海城失踪,最后出现的场所是海城东方舞厅。"

吴仕岚的心脏怦怦跳着,他接着输入其他三个人的名字。

4

胡克倒了两次,他力求将车准确地停在车位正中央,左右保持同样的间距。把车停好之后,他搭上一旁的电梯,按下二十七楼的按钮。拇指上传来一阵刺痛,他今天洗了太多次手。

电梯很快到了二十七层。他在指纹识别锁上按下拇指,走进屋里,随手把外套丢在客厅的沙发上,快步走进书房。三十一岁的他没有结婚,有权利享受这份自由。

他打开笔记本电脑,新建文档,想也不想,飞快地敲打起键盘。半小时后,一旁的打印机吐出两张印满字的A4纸,他拿起来审视了一会儿,从抽屉中拿出文件夹,将它们小心地装好。他撕下一张标签纸,将它贴在文件夹上,在上面标注:"20191116出轨的女人"。

一个挣扎在情夫和丈夫之间,被可怜的道德和无法抑制的情欲裹挟的可怜女人。今天写下的也是俗套的故事,但相似的故事总有着不同的细节,例如今天的这个女人,她甚至打算为情夫罹患癌症的母亲垫付医药费。多么有趣。

他把装着故事的文件夹拿起,走到书架前。

书架共有七层,从上到下密密麻麻地摆放着相同颜色的文件夹。他找了一处空隙,将文件夹塞进去,忽然,他看到了旁边的另一只文件夹。

标签纸上写着两个字:舞男。和其他的标签不同,这个标签上没有写明日期,它是如此特殊,即使没有日期,也能轻易地和其他故事区分开。

"你这个令人恶心的、变态的畜生。"

低沉的男性嗓音在他的脑子里炸响。

胡克的身躯猛地颤抖起来，他背靠在书架上，恐惧地看向窗外。窗帘不知道什么时候被吹到了外面，在二十七楼的高空如同幽灵般缓缓飘舞着。他努力地深呼吸，尝试让自己平静下来。

"医生，你怎么来了？"那个女孩打开门的时候，穿着一袭丝质的白色睡裙。他握紧手里的病例，女孩好奇地看向他背着的登山包。

走吧，现在走还来得及——他死死掐住大腿处的肌肉，渴盼着疼痛能让他冷静下来。他的眼珠子不由自主地转动着，看向睡裙下面那双美丽的脚踝。

我们需要它——那个声音再次响起，他知道自己无法反抗。

"忘记给你拿药了，"他补充道，"免费的。"他咽了口唾沫。

女孩把他迎进屋里。趁着女孩起身去接水的时候，他从兜里掏出浸过乙醚的毛巾。

我们不能生生锯下她的腿——这是他与那个人的较量中，唯一得到的让步。

短暂的挣扎后，女孩无力地躺倒在地上。他从书包里拎出锯子，锯齿在登山包中疯狂地鸣叫，它已经等待了太久。

他感到满足，两行眼泪滴落到女孩的睡裙上，他随手擦了一把，用颤抖的手撩起女孩的睡裙。指尖滑过女孩如牛奶般丝滑的肌肤，神奇的触感让他低声呻吟。

锯面陷入肌肤，一道血线涌出。

"对不起。"他说。

半月板不是个好东西，它会卡住锯齿，拔出来的时候血液会溅在身上。他这样想着，小心地绕过软骨，往更深的地方探去。女孩双眼紧闭，两道弯月般的眉毛抖动着，她正在做一场有关疼痛的噩梦。

紧接着他想起从膝盖动脉喷射出来的血液、锯子被骨头阻挡的微妙触感、光滑的舞鞋、坐在诊所中她无处安放的双手……

"医生，我感到有点闷。"

他挪动双腿，走出书房，在洗手间的镜子前审视自己。这个人依然有着干净的眼眸、充满力量的鼻梁和下颚，但他知道，有的地方发生了变化。他死死盯着这张脸，轮廓在镜子中变幻着，所有的器官飞速地组合，然后崩溃。

他颤抖地按下洗手液的挤压阀，一团黏稠的液体溅射在掌心。他发了疯似的按着那个可怜的开关，直到手心再也盛不下一滴洗手液。

"这不是我、不是我……"

汗水浸湿了头发，清水从龙头里潺潺流出。他一遍一遍地洗着，手背的皮肤被揉破了，一道血线混入淌下的污水中。

"我洗不掉了。"他哭着说。

5

被关押在宁城看守所的嫌疑人，警方给他的绰号是"舞男"，这也来自检举信上对他的称呼。他挑选的所有犯罪对象都是热爱舞蹈的女孩，每个人都有一双漂亮的小腿。来到宁城之前，他一共杀了四个人。

徐璐，Y市某舞厅陪舞小姐，一九九九年一月失踪。

刘沁雪，宁城东职业技术学校舞蹈系学生，二〇〇四年一月失踪。

王冰，宁城某舞房实习教师，二〇一〇年七月，她的尸体在一座垃圾场中被发现，已经呈现高度腐烂状态，当时的判断是性变态作案。

"是模仿犯。"坐在吴仕岚对面的男人啜饮着杯中发黄的茶水，笃定地给出自己的结论。舞男早已在半年前被抓获，而女孩的命案发生在最多两个月前。杀死她的人，不可能是舞男。

男人的名字叫陈嘉裕，是吴仕岚在警校的同学。毕业以后，他成为宁城监狱的一名狱警。吴仕岚找到他不仅出于那个尚未说出口的请求，而且还有另一种诉求。当遇事不决的时候，吴仕岚总是会找陈嘉裕商量，对方拥有一种令其叹服的能力——在艰难的状况里做出大胆的假设。为了打破僵局，吴仕岚希望得到陈嘉裕的建议。

"不可能。"吴仕岚摇摇头，"我们从未向外界公布过'舞男'的情况，没有人知道他是如何挑选作案对象的，也没人知道他会锯掉……"

"有没有可能是嫌疑人自己告诉别人的？比如说和他交往甚密的爱侣、酒后失言，也可能是心理医生？"

吴仕岚回忆着和那个人短暂的接触，那令他很不舒服。那个人眼神没有焦点，总是东张西望，从来不和别人对视，有气无力地回答着警察的问题，不抵抗，也不说太多。或许是因为他接触过检举信，他知道这个人的体内蕴含着怎样的恶念，这令他更加不适。

"嫌犯一口咬定从来没有向任何人吐露过自己的事情。他之前藏匿在三河，以清洁工的身份生活着，我们调查过他身边的人，那些人都肯定地说，他不可能做坏事。"

"他尝试过抵抗吗？"

"通过那封匿名信，我们联络了各地警方，分别找到三具失踪者的尸体，剩下那一具也对上了前两年的一桩命案。我们在他三河的家里，找到了一排装满福尔马林的罐子，里面泡着受害者的小腿。"吴仕岚说，"他的反应很奇怪。"

"怎么奇怪了？"

"他最开始就像一个普通小混混儿，蹲在地上大声喊冤，一把鼻涕一把泪的。有那么一瞬间，我甚至怀疑自己抓错人了。"吴仕岚回忆着，"但是当我把案件卷宗甩在他面前时，他立马变成了另一个人。"

躺在椅子上的人，睁着一双没有焦点的眼睛。

"他迅速交代了自己的全部罪行，"吴仕岚说，"就像在讲述一件与自己无关的事情。我看不到他有任何情绪波动，就连被逮捕的恐惧都没有。"

"反社会人格。"

"那个死去的女孩，她身上几乎不存在任何社会关系。没有目击者，没有摄像头，什么都没有。凶手挑选杀害对象的标准，又为什么和舞男的犯罪手法如此相似，这些问题我们至今没找到答案。"

"动机是什么?"吴仕岚说。

"不管怎么问他都不说。到最后,他彻底变得毫无反应,脸上挂着僵硬的笑容,就这样痴痴地看着我们。我们去过他的老家,他的父母已经死了,三个姐姐在外地务工。"

"找过她的姐姐吗?"

"我们找到了其中一位,但是为了保密,我们没有透露具体案情。她不太愿意回答问题,坚称自己的弟弟胆小如鼠,不可能犯罪。"

吴仕岚相信陈嘉裕做出了和自己一样的判断。从目前的状况来看,凶手无疑是舞男的模仿犯,假如舞男没有把自己的故事告诉任何人,那么这个写下检举信的人,就是最大的嫌疑人。他知道舞男的一切。

"所以一切都要回到舞男的动机,以及那封匿名信上了。"陈嘉裕说。他接过吴仕岚递来的文件,厚厚一摞。

所有变态犯罪者都有着独特的动机,这些动机可能来自某种特殊的经历,也可能来自精神的病变。假如舞男有着某种不为人知的经历,这种经历帮助他挑选杀人对象,又或者决定他杀人的主因,那这无疑能对目前的案情提供参考。

与此同时,陈嘉裕对吴仕岚提及的那封匿名信产生了浓厚兴趣。对方声称这封匿名信中有着如同"绘画"般的情绪复刻,这使他有了一些模糊的猜想。

"你读读这封匿名信,我去拜访他。"吴仕岚起身离开办公室,前往看守所的探视间,这才是他此行的主要目的。

吴仕岚在走廊旁的一个房间门口看见了排着队的犯人，几个狱警在旁边维持秩序。听到这些人是来做心理咨询时，他好奇地透过门上的玻璃窗，朝里面看了一眼。

办公桌后坐着一个西装革履的男人，他正在和犯人亲切地握手，这应该就是免费为监狱提供心理咨询服务的医生。

"舞男……易运华有没有接触过心理医生？"吴仕岚随口向身边的狱警问道。

"没有，他从来不和别人说话。"

穿过走廊，吴仕岚来到探视间。玻璃后面没有人影，是他在等待舞男，这给他一种错觉，舞男才是这里的主人。

吴仕岚忽然有些不安，他已经半年没有见过这个人了，但是对方留下的那种不适感却始终挥之不去。这让他想起一些黏稠滑腻、人类生来惧怕的东西。当时的他并不知道自己在害怕什么，现在他忽然明白了。

所谓道德感和同理心，一直维系着人类组成的社会。哪怕是再穷凶极恶的人，在他们的内心最深处，也都能够对自己的罪恶有模糊的认知。他们能知道这是不对的，也能深刻感受到不安。

而像舞男这样的人，他不具备这两种素质。他杀人如吃饭饮水，不会感到罪恶，也不会被道德感折磨。这个男人是天生的怪物。

怪物从他的洞穴里走出来，脚步一瘸一拐。

"易运华。"吴仕岚摘下一旁的电话，尽量让自己的声音显得冷静。重新观察这个男人，发现他和自己印象中的那个人有些出入。他的碎发被剃成圆寸，五官变得更加立体。和故事里描述的一样,如果忽略衰老的痕迹,他有着一张俊美的脸庞。

他用手腕把话筒按在耳朵上,眼睛的焦点停在一旁的电话机上,用眼角的余光打量着吴仕岚。过了一会儿,他用带着北方口音的普通话说:"我认得你,警官。"

即使在说话的时候,他也没有正视对方。

"我有点问题想要问你。"

"你们想问的,我都已经说了。"易运华用小拇指挑弄着电话线。

"你有没有对别人说过杀人的细节?"

"如果我的嘴这么松,你觉得我是怎么逃了二十几年?"

"我们去找过你姐。"吴仕岚观察着对方的反应,易运华明显有些情绪波动。"你姐姐说,你从小就是个老实孩子,看别人杀鸡都会哭,不可能做坏事。但你后来为什么要杀人呢?"

"她们知道什么?"易运华表现得有些激动,不过很快他重新镇定下来,"我杀那些人,只是因为我想杀,而且能杀。"

"更详细一点的理由呢?她们让你想起了什么人?为什么选择的都是喜欢跳舞的人呢,你挑选杀人对象的理由是什么?又为什么要砍下她们的脚踝?"吴仕岚发现自己有些急切,或许在潜意识里,他急于离开这个地方。

"我就是个没文化的粗人,挑长得好看的人杀嘛。"易运华忽然反问,"你们都抓到我了,还问这些干什么?"

吴仕岚不知如何作答。他还没想好,不知道该不该把模仿犯的事情告诉对方。

在尴尬的沉默中,时间流逝着。

从看守所出来的路上，吴仕岚看见了刚才在探望室里见到的心理医生，对方似乎也刚刚下班。吴仕岚思考着心事，没有和对方交谈的意愿，但对方善意的眼神让他无可奈何地停下脚步。

"你好，第一次见到你，你应该不是看守所的警官吧？"对方伸出手。

6

手机屏幕上显示的时间是凌晨两点四十，陈嘉裕放下手中的材料，办公室里只剩下他座位上的一盏灯光。

他端着茶杯走到饮水机前拧开开关，热水流进杯中。他太过痴迷于思考脑子里的想法，以至于忘记了时间的流逝，热水从杯口溢出来，烫得他龇牙咧嘴。

和吴仕岚说的一样，这封检举信太奇怪了。但与吴仕岚不同，他好奇的是另一个地方。

很早之前，在一个涉及文学创作的案件里，陈嘉裕恶补过一些关于写作的知识。这封检举信中大量充斥着周露莎主观视角下的见闻和心理活动，这在写作技巧中被称为"限制性第三视角"。虽然使用的是第三人称，但很明显，这是周露莎的视角。

如果作为虚构小说，这当然无可厚非，但若是把它当作非虚拟的举报材料，只能得出一个令人信服的解释。

这是死者从冥界寄来的举报信。

这当然不可能。于是，陈嘉裕试着找出另一种解释。

在这四个故事里，有另一个贯穿整条主线的人，他就是故事中的舞男。这四个故事是死者的故事，也是死者与舞男的故事，舞男无疑担当着重要的作用。但如果从这一点出发思考的话，在这四个故事里，几乎找不到一处正面描写舞男心理活动的句子。

就像是在刻意规避着对他的描写。

可以假设凶手不知道舞男的心理活动，但陈嘉裕不相信。故事的观感是一种难以描述的东西，但即使是吴仕岚，也从这些故事中捕捉到了一种晦涩难明的情绪。

陈嘉裕知道，这是一种高阶的写作技巧，写作者将自己的心境揉碎了，其实整个世界都是自己。

一切事物都被这无形的夜色笼罩着，有种难言的迟滞感。

潮水像泼墨一样不停袭击着苍白的沙滩，潮水退去的时候，沙滩被染成一片浓郁的黑色。黑色是贪婪的颜色，它吞噬一切。

什么样的人才会将海浪比喻为泼墨呢？蓝色的海浪，金色的沙滩，在他的眼里只是一片没有生气的漆黑与苍白。一股无形的压力笼罩在他的世界，让一切都显得迟滞。

用这种方法对比起来，反倒是受害者的心境有些奇怪。在作者的笔下，四个受害者的心理描写用的是一套模式，就像是四个复制粘贴的纸片人，四个符号。

所以只有这种可能了：这封信是舞男写的，他亲自接触过这四个女孩，他知道当时的情景。但他压根儿不关注对方的内心，他的眼里只能看见自己，看见那黑色的海浪和苍白的沙滩。只有这样,才能写出这份既真实又虚假的材料。

但舞男为什么要检举自己?如果是他写的话,模仿犯又是谁?陈嘉裕思考着,脑子里忽然冒出一个画面。那个女孩一字一句地告诉他:"抛去一切不可能的结果,剩下的那一个可能性,即使再骇人听闻,它也是真相。"

陈嘉裕感到一阵恶寒,他必须确认自己心中这个天方夜谭般的推测。

7

这台网购的新音响有十六个扬声器,一套回音壁。胡克花了一天时间,把音响组装完毕。他拉上窗帘,关上窗户,将线插入音响接口。

他试着用脚尖踩了踩地板,这片杉木地板是前两天找装修公司换的,裸足踩在上面,就像踩着一片冰冷的丝绸。地板下面装了专业的弹簧,跳起来的时候,会感受到美妙的回弹。

十六个扬声器一同奏鸣,响起的是那首著名的探戈舞曲《一步之遥》。

他右手抚胸,鞠了个躬,单脚跐地,旋了个圈儿。空气中有他不存在的舞伴,他跳起舞来。

胡克从未学过跳舞,但他熟谙这些舞步,就像他曾经跳过一万遍。多巴胺快速地分泌着,这令他感到无比的愉悦。他旋转、跳跃,闭上眼了。

忽然,他脚下一软,随即而来的是从右脚踝处传来的疼痛。

巨大的挫败感汹涌袭来,他跪倒在地上,用力捶打着地板。他拍过CT,医生说他的脚踝健康得就像一个二十岁的小伙,但当他尝试跳舞,它每次都会用疼痛制止他。

他用双肘撑住地面,记忆从深处钻出来。

闷热的夏天,他被父亲锁在家里,姐姐们在外面玩闹。父亲不允许他和女孩一起玩耍,这会让他变成阴阳人,父亲说。

但他是多么羡慕女孩的生活啊,那些漂亮的长发、芭比娃娃……他悄悄地收藏着姐姐们丢弃的玩具,他的抽屉里躺着许多五颜六色的发卡。每次被父亲发现,他都像一头暴怒的雄狮,用能拿到的一切东西揍他。

父亲是个木匠,有一把锋利的锯子。父亲说,如果他变成阴阳人,他就用这把锯子杀死他。

看着躺在房间角落的钢锯,他有些害怕。

窗外的树上传来蝉鸣,他在房间里已经待了太久。这样想着,他打开窗户,从三米高的二楼一跃而下,松软的泥土轻轻托住他,他获得了自由。他发疯似的奔跑着,跑到社区中心的礼堂,音乐声吸引了他。

透过玻璃窗,他看见礼堂内的情景。那些女孩穿着白色的丝袜和泡泡裙,每个人看起来都像是电视节目里漂亮的公主。他咽了口唾沫,他羡慕她们。

女孩们像一只只高贵的天鹅,在光滑的地板上跳跃着、飞翔着,他被这个画面震撼了,尝试着踮起脚尖。在这个瞬间,疯狂的喜悦包裹住了他,他找到了生命的意义。

他偷偷攒钱买了一双红色的舞鞋,学着她们的模样跳了起来。他飞起来了，第一次。

爸爸在舞厅找到他的时候，他的脸涨得通红。

"你这个令人恶心的、变态的畜生！"

爸爸烧掉了舞鞋，用擀面棒打他的腿，面无表情，一下又一下。他很害怕，他说爸爸，不要打我了，求你不要打我了……胡克的身体不由自主地抖动起来。他越哀求，爸爸打得越起劲，他疼得快要晕厥了，听到脚踝处传来一个声音，这个声音不是从外面传来的，他从身体里听见了它。

好像有什么东西，碎掉了。

胡克剧烈地颤抖着，从地上爬起来，颤抖着走向洗手间，他需要洗手。

"这不是我、这不是我的……"

紧接着，一种许久没有到访的冲动席卷了他，这令他的身体从骨头深处开始酥痒。他呜咽着，喉间挤出痛苦的哀鸣，他不想再做那件事了。

他们已经在追查我了，我不可以……他想起在看守所的那次握手。他疑惑自己为什么要写下那封检举信。"是胡克写的吗？"身体里的男人问。胡克可真碍事啊。

那股恐怖的渴望又席卷而来，他感到自己正在一点点失去意识。他大哭着，鼻涕和眼泪和在一起。他不想再做那件事了，他害怕。

他用双肘支撑着身体，爬到卧室，床底下藏着一卷绳子。他用尽最后的理智，用绳子缠绕住自己的双腿，打了个死结，随后昏死过去。

他做了一个冗长的梦。

梦里,一个看不清面容的男人来到床前,替他解开身上的枷锁。那个人将装着工具的登山包递给他后说:"去吧,去做你想做的事情。"

胡克说好的。

胡克背上登山包,坐上电梯,他看了一眼停在车库里的车,从停车场一路跑出去。他跑到河边绿化带上的小径,那里一个人都没有,月亮孤零零地在天空挂着,虫子们都闭上了嘴。

他继续跑着。

他看见另一个奔跑者,她穿着紧身运动裤,九分裤脚下露出纤细的脚踝。他下意识地摸向身上背着的登山包……

当他醒来的时候,绳子被解开了。

8

她叫晓。

大学时,陈嘉裕沉迷网络,在一些推理论坛大量发帖。晓是他在论坛上认识的朋友,她有一项令陈嘉裕拜服的能力:讨论问题时,她总能从上帝般的视角切入,用大量的例证去佐证自己的观点,从来不夹杂任何个人情绪,就像个残酷的机器人。

"抛去一切不可能的结果,剩下的那一个可能性,即使再骇人听闻,它也是真相。"这句话就是出自晓之口。

陈嘉裕曾就这一点问过晓,晓给出的理由是:她对人类感到好奇,但她不明白人类的许多想法,所以需要搜集大量的资料去了解人类。

"难道你不是人类吗?"陈嘉裕打趣道。

晓给的答案是:"我不知道。"

陈嘉裕已经多年没有再和晓联系过。晓曾经说过,她在一家研究人类的机构工作。晓说的一切都像是中二度爆表的玩笑话,但从她嘴里说出来,陈嘉裕却很难质疑它的真实性。

如果是晓的话,说不定能接受他的推测。这样想着,陈嘉裕拨通了晓留下的电话号码。

过去他们通过论坛交流,从来没有通过电话,后来也没了打电话的理由。这是陈嘉裕第一次拨打这个电话,他的喉头有些发紧。

电话响了七声,对面传来一个冰冷的女声:"喂。"

听到声音的瞬间,陈嘉裕确认她就是晓。"你好,我是……"他犹豫了两秒,"我是颓废的橙子。"

太尴尬了,他想。

"你好,橙子。"晓竟然记得他的ID,"有什么事吗?"晓没有对他时隔多年的来电感到疑惑,反倒是一本正经地切入正题。这是她的风格。

"抱歉突然打扰你,其实是有个事情想咨询一下你的意见。"

"你说。"

"我想问,你有没有听说过……有人能够窃取,或者体验他人的记忆?"陈嘉裕大方地说出自己的推测。

"看样子,你带来了有趣的故事。"

陈嘉裕花了半个小时,把整件事告诉了晓。电话那头沉默了几分钟，晓似乎在思考。陈嘉裕等待她回话的时候，脑海中不断幻想着，现实中的晓会是个什么样的人呢？她爱读书，说不定戴着一副高度数的眼镜，细边无框的那种，她说不定有一副单薄的嘴唇……

"你的推测是合乎情理的。"电话那头传来晓的声音。

"还有一种可能性，那就是舞男把他的犯罪行为告诉了心理医生。"陈嘉裕说。

"这个概率极低，理由有两点：第一，心理医生在面对杀人犯时，无须遵守医患保密守则，他完全可以把这件事直接告诉警方；第二，如果不是亲身经历过事件发生的过程，光靠语言描述，很难接收到这封匿名信中表述的信息。"

"这封信的写作者，就像用舞男的眼睛看见了他所做的一切。"

"不对，是经历，他经历了这一切。"

"真的会有这样的事情吗？"

"你认为人类的记忆是什么？"

陈嘉裕被这个问题难住了，这个看起来简单无比的问题，真正思考起来却很难给出定义。"是存储在大脑皮层和海马体内的一种信息。"他尝试着回答。

"我认为所有的信息需要搭载在物质载体上，信息本身也可以当作物质看待。"晓说，"这意味着，交换和体验他人的记忆，是可行的。"

"你的意思是？"

"在讨论这个问题之前，我们先要聊聊另一个话题。你认为'语言'是什么？"晓没有给陈嘉裕思考的时间，接着说，"我理解的语言定义,是人类用来交换信息的'桥梁'。而在语言这座桥梁产生之前,原始人类使用模糊的音节和动作传达信息。当时的他们,是不可能理解'语言'这种东西的。"

"难道这个模仿犯搭建了另一座桥梁?"陈嘉裕很快反应了过来。

"一九四〇年七月,奥地利心理学家西格蒙德拜访了一位身处阿尔卑斯山脚下村镇的少女丽莎。她是当地有名的灵媒,通过一些简单的仪式,可以将拜访者的前世今生说出来。为了解开疑问,西格蒙德亲自体验了她的仪式。

"丽莎在一座焚着东方香料的密室里接待了西格蒙德,她戴着一个由三十六种花朵编织而成的项圈。她先是抚摸西格蒙德的头顶,对他说:'你来这里,是为了获得我的秘密。'

"西格蒙德震惊了,随后,丽莎将西格蒙德的生平娓娓道来,每一个画面都真实得令他战栗。结束之后,西格蒙德离开密室,他发现丽莎的表情有些痛苦。

"丽莎的手边放着一个银质的容器,里面装满白色的沙子。丽莎将手伸入沙子中,用沙子摩擦着自己的肌肤。她的表情舒缓了,似乎某种痛苦正在逐渐消失。

"西格蒙德将自己在阿尔卑斯山的遭遇写进了一本名为《体验与边界》的著作,这是我们已知最早的,关于'体验者'的可信记录。"

"体验者?"

"在我能够看到的资料里,这种人被称呼为'体验者'。他们能够通过某种程度上的肢体接触,去体验他人大脑中的信息。"

"这无法写入卷宗。"陈嘉裕握话筒的手颤抖着,晓像她从前做的那样,再一次击碎了他的认知边界。他想起晓从前说的一段话:"五百年前,我们认为太阳绕地球旋转;两百年前,我们认为人类与猿猴不存在血缘联系;一百年前,我们认为比空气重的机械不可能飞翔……朋友们,科学是一场美梦。"

"但你可以用它来抓到那个人。"晓说。

陈嘉裕重新思考起来,如果这个人一开始就打算模仿作案,又为什么要举报舞男,这不是对自己更加不利吗?

"我知道你在想什么,这个问题又要回到故事本身了。"晓说,"如果把记忆本身当作一种普通的信息,你很难理解凶手的动机。但我认为,记忆不仅是一种信息,它其中还潜藏着当事人的情感。丽莎通过接触去获得记忆,可是她表情上的痛苦和她用沙盆洗手是因为什么呢?"

"模仿犯体验到了舞男的情感?"陈嘉裕有点晕了。

"洗手是一种心理暗示。丽莎用这个符号化的过程,洗掉了观测对象给自己带来的情感冲击。"晓说,"就像心理医生会让你想象心中有一把扫帚,正在扫掉自己的负面情绪。"

"真正的反社会人格在人类族群中的占比不到百万分之一,一个体验者接触到反社会人格,更是概率极低的事情。很有可能,他从来没有体验过这种汹涌的、畸形的、摧毁一切的强大情感。"晓停顿了一会儿,"这让他忘记了自己是谁。"

"和免疫系统一样,每个人都有自己的人格边界,它相当于人类心理的城墙。'体验者'也是人类,也需要用这堵城墙去抵御负面情绪。但如果对方是你口中的那个舞男,我很难想象他情感中的侵略性。城墙被冲垮了，体验者的人格边界被击碎，他赤裸裸地拥抱了对方记忆中的所有东西。"

这样就说得通了。

模仿犯在偶然之间接触到了舞男，看到对方的记忆里潜藏着四起命案，立刻用检举信的形式向警方匿名举报。而之所以用匿名信的形式，是因为他无法解释自身作为"体验者"的特殊能力。

他获得了舞男的记忆，也获得了记忆中潜藏的那一份情感。不久之后，自身的记忆被舞男的情感逐渐占据，他成了另一个舞男。

当你凝望深渊的时候，深渊也在注视着你。

9

胡克获得了短暂的安宁。

今天是周六，他难得地没有参加慈善组织安排的心理咨询活动。他驱车来到三河，将车子停靠在外部的大型停车场。他熟练地穿梭在三河的巷弄中，就像常年生活在这里的人一样。

穿过一间网吧的后门，再经过两家台球室，他看见里面有三五个年轻人正在打台球，有个年轻的女孩坐在台球桌的边缘，晃荡着白皙的双腿——纤细、美丽的双腿。他咽了口唾沫，按捺住心中的渴望，继续向前走。

他拨开垂在面前的雨帘，钻入三河的腹地。这里是已经被划为待拆区域的地方，路上的行人越来越少。他想起刚才坐在台球桌上的女孩，她长得有点像二姐。

他打了个哆嗦，呼吸变得急促起来。

每当父亲不在家，大姐和三姐在楼下的沙地里玩耍的时候，二姐就会笑眯眯地打开他的房门，轻轻抚弄着他坚硬的头发。

"弟弟，我们来做些好玩的事情吧。"二姐说。

二姐把垂落在床边的蚊帐轻轻拉上。白色的蚊帐就像一座牢笼，二姐的呼吸粗重炽热，让这座牢笼变得更加令他无法忍受。

他无法拒绝她，每当二姐提出这个请求，而他显得犹豫时，二姐就会像爸爸一样将巴掌扇在他的脸上。

二姐让我做了不好的事情，胡克自言自语着。

"姐姐，我可以和你们一起做女孩吗？"他向二姐提出他唯一的请求，二姐斜起眼睛，用眼角余光打量着他，就像在看着一头怪物。

"你和爸爸说的一样，真恶心。"

事实上他知道自己不是她们的弟弟，父亲的抽屉里藏着一本绿色的领养证，邻居们都说他想要一个儿子，想疯了。

可我又是谁呢？我的姐姐，我的父亲，他们在哪里呢？胡克驱赶着脑子里的想法，他来到一座破旧的平房门口，实木门上耷拉着半挂的门锁。他拉开门。

这里是一家废弃的食堂，地板上沾着陈年的油渍。地面被油渍浸润得恰到好处，在这些油渍上撒一些滑石粉，这里就会变成最好的舞场。胡克把家里改造成了舞场，可是他必须来这里，待在三河的这些年，他每个周末都在这里独自舞蹈，只有这里，才能让他获得心灵的宁静。

他将大门紧紧闭上，从内部插上门闩。他尝试着踩了踩柔软的地面,满意地笑了起来,他翩然起舞。

"我需要她们的腿。"他想,"我的腿坏了,我需要一双好的。"他抚摸着自己的脚踝,想象着那里有一个因骨质增生而产生的丑陋隆起,他皱起眉头。

"还不够,我需要更多的腿,打不坏的、完美的双足。"他沉浸在舞蹈中,上一次捕猎给了他好几天的平静时光。他想象自己如同一个真正的女孩那样舞蹈,布满皱褶的丑陋器官一点点坍缩,所有的一切形成美妙的平衡。

门外传来敲门声。

10

宁江是长江的支流,裹挟着泥沙进入长江的途中,在入口处形成了一些不大不小的滩涂。早起的渔民们路过滩涂的时候,在泥水中发现了女孩的尸体。

吴仕岚在泥水间艰难地拔动双腿,回忆着尸体的信息。

死者是在百货商场工作的上班族。除了同样丢失了双腿,她与上一个死者找不到任何重叠之处。她拥有美满幸福的家庭,经济上也没有困顿之处。她有夜跑的习惯,按照目前的初步推断,她是在夜跑时被突然袭击,锯断双腿后被丢进了江里。

吴仕岚感到一阵不安,和之前的案例比起来,凶手这一次的作案实在太粗糙了,看起来和冲动杀人没有两样。凶手在锯断双腿的现场留下了大量的物证线索,最多花上半个月,警方就能抓住他的尾巴。

但吴仕岚怀疑他们没有这么多时间了。模仿犯正在逐渐失去理智，他不知道这背后的原因是什么，如果再抓不到他，下一个死者将会很快出现。

"第二位死者出现了。"他急匆匆地赶到陈嘉裕的办公室，满头大汗，"如果你所说的那种可能性真的成立，我们有什么办法能抓到他？马上！"

按照舞男之前的作案时间来看，他在二十五年内杀了四个人，平均间隔是六年。但模仿犯似乎没有这种耐心，也许是因为被舞男的记忆猛烈冲撞，这个"体验者"已经完全失控了。

"我们一开始怀疑的作案者是模仿犯，现在看来，没有这么简单。"陈嘉裕思索着，嘴角抿着一道弧线。

"告诉我。"他知道了答案，吴仕岚想。

"外面有另一个舞男。"陈嘉裕说，"他有和舞男一样的习惯，和舞男一样的思考方式，他就是舞男！要抓住他，先要了解他。"

"这不可能，他不会说的。"吴仕岚摇头，"我问过他，他什么都不愿意说。"

"我和你一起去。"说完，陈嘉裕从椅子上站了起来。二人穿过看守所的办公楼，来到吴仕岚上次无功而返的探望室。吴仕岚和工作人员说明情况以后，陈嘉裕附在他耳边说了几句话，便退出门口。

听完陈嘉裕的方法，吴仕岚眼前一亮。说不定这回能让舞男开口，他想。

不急不缓的脚步声传来，和上次不一样的是，舞男戴着手铐。吴仕岚向身旁的狱警问起，对方的神色有些奇怪："按理来说是不用戴的,他……"

"他怎么了?"

"上周,他和另一个犯人在吃饭时起了冲突。他冲上去就抱住那人的头,把他的耳朵给咬了下来。我们分开他俩的时候,他还在笑。"狱警回忆着当时的画面,"后来就让他住单间了。"

吴仕岚重新看向面前的舞男,发现对方也在观察自己。"好久不见,易运华。有几个问题想问你。"

舞男没有回答的意愿,他的视线停留在吴仕岚脸上,焦点却看向陈嘉裕背后的狱警。他慢慢咧开嘴,他在笑。

吴仕岚想起陈嘉裕嘱咐的话。"易运华,外面有个人在模仿你作案。"

他注意到舞男的表情发生了变化,涣散的瞳孔重新聚焦。

"他杀了两个人,砍掉了死者的双腿,他收藏这些东西。"吴仕岚接着说。

"这不是收藏,这不是!"舞男大声道,似乎受到了极大的冤屈。很好,吴仕岚想。

吴仕岚压低声音,回忆着陈嘉裕的话。他凑近玻璃,舞男也把头凑过来,他说:"外面的这个人,他在偷你的东西。"

"什么?"

"他在偷窃你的记忆、偷窃你的成就、偷窃你至今为止所做的全部。"说完,吴仕岚从包里拿出印刷着现场照片的 A4 纸,将它贴在玻璃上,"你看,多么漂亮的锯口。"

"我从来没有告诉过任何人,没有人知道的……"舞男喃喃着,嘴唇因愤怒而不停颤抖。

"他偷你的东西,为什么要经过你的同意呢?"吴仕岚收回照片。

"他、他怎么敢?他知道什么?"舞男一拳砸在玻璃上,把狱警刚叼上的烟给吓得掉在地上。

"我要你帮我,我要你帮我抓住他。"他的声音哽咽了。

"说说你的经历吧,回答我上次问你的那些问题。"吴仕岚说,"除了这些,别的东西,什么都可以。你喜欢去什么地方,你有些什么样的习惯,你是如何挑选杀人对象的?"

"我每周都会去三河的一个工人食堂。那里被废弃了很久,但是地面上还残留着陈年的油渍——很适合跳舞。"舞男说,"我小时候,大人都在这样的地方跳舞,他们铺上一些滑石粉,摩擦力刚刚好。"

"每周都会去吗?一般都在什么时候?"吴仕岚掏出笔记本。

"每次我忍不住想要杀人的时候都会去那里,跳舞能让我安静下来。"

"地址。"

11

敲门声持续着。

他在这里跳了很多年,不用看也知道这里没有别的出口。所有的窗户都用铁条封死了,唯一的出入口只有大门。

他蹲下身子,把耳朵附在地面上。没有警笛声,也没有脚步声,能听到的只有死一般的寂静。他犹豫了一会儿,脑子里飞快地思考着。

门外站的是谁?如果是警察,不开门反倒显得自己心里有鬼。他现在是胡克,他想好胡克会说的话,没有人会怀疑胡克。他拉开门闩。

站在门口的是一个脏兮兮的小女孩,他松了一口气。一头乱糟糟的头发,穿着明显不合身的宽大T恤,看样子是家里的哥哥姐姐们穿剩下的。一条七分短裤,下面露出一双黝黑的小腿,腿上有乱七八糟的伤痕。

从形状上来看,这双腿很适合跳舞。胡克害怕起来,他等了一会儿,那种恐怖的渴望并没有如预料中出现,为什么……

"你跳得真美。"女孩抚弄着衣角,怯怯地说,"对不起,我从窗户外面看见的。"

胡克低下头,用眼角的余光瞟着对方,他的眼珠子不可抑制地胡乱运动着,他控制不了。"你、你喜欢跳舞吗?"

"我很喜欢,可是妈妈不让我报舞蹈班,她说太浪费了。"女孩说。

"你妈妈呢?"

"我妈妈在网吧上班。"

"唔。"

"你可以教我吗,教我跳舞?"女孩抬起头看着胡克,小小的眼睛里满是憧憬。

"我吗?"不可以,这太大胆了,胡克想。

但是当他开口的时候,吐出的却是另一句话:"好啊。"

胡克将女孩带进屋里,小心地拉上门闩,他注意到女孩穿着一双绿色的塑料拖鞋。"你把鞋脱了吧,这样会扭伤脚的。"说着,他把自己的舞鞋也脱了下来。

他拉起女孩的手,在地板上跳跃起来。他不知道自己为什么要这样做,他不知道自己现在是胡克还是他,他感到一股滚烫的热流从心里涌出来,他的双腿充满力量。

他抓住那只干瘪的小手,尽情地舞蹈着。恍惚间他看见墙角站着个皱眉的中年男人,他的手边躺着一把锋利的钢锯。他感到有些害怕,他想躲起来。

"没事的,我们不怕他了。"胡克说,"我们长大了。"

他们继续舞蹈。

他们精疲力竭地坐在地上,胡克对女孩说:"以后你会跳得很好的,你有天赋,你应该学跳舞。"

"妈妈说我应该听话,不应该去想这些花钱的事情。"

胡克把目光移到她的脚上,她似乎在刚才的舞蹈中踩到了什么锐物,脚上多了几道血痕。女孩把脚缩了缩。

"你需要一双舞鞋,柔软一些的那种。"

"你明天还会来吗?你还会教我跳舞吗?"

我不会来了,胡克想,这太大胆了,他们正在到处找我。他说:"我不知道。"

"我会在这里等你的。"

胡克穿好外套,将身上沾着的滑石粉拍干净,顺着来时的路走回停车场的时候,看见一个熟悉的面孔。那是上次在看守所见到的警察,他和另一个人走在一起。

胡克下意识地侧过身子,却发现对方正朝这边看过来。他竭尽全力地控制着游离的眼球,争取让自己显得正常一些,他朝对方走去。

"你是上次在看守所的心理医生?"对方惊讶道。

他伸出手。"你好,真巧。"对方握上他的手,一股电流爬过,他的瞳孔不可遏制地收缩了一下。

"来这边办事吗?"对方投来探询的目光。

"是啊,三河也有心理咨询的项目。"说完,他朝两位警察笑笑,"哪里有病人,哪里就有我。"

他转身离开,冷汗浸湿衬衫。

"是你的熟人?"陈嘉裕一边看着路旁的门牌号,朝吴仕岚问道。

"不算吧,看守所的医生,搞心理咨询的,据说是慈善机构的人。"吴仕岚说,"这鬼地方可真难找。"

"这么说来,我们一开始也怀疑过心理医生作案的可能性呢。"陈嘉裕打趣道。

"易运华那种人,怎么可能会去看心理医生?"吴仕岚挥挥手,跨过一摊污水,看着面前的建筑,"就是这个KTV,不远了。"

二人来到废弃食堂的时候,大门敞开着。陈嘉裕敏锐地招呼吴仕岚贴近墙根,"这里刚才有人来过。"

"刚才?"

"你看地上。"

吴仕岚朝地上看去,那里有几个白色的鞋印,和舞男的说法没错,是滑石粉留下的。他蹲下身子观察后说:"大概在四十二码左右,是皮鞋。"

舞男说过,这里平时几乎没有人来访。虽然还没有完全笃定,他们认为这是凶手留下的踪迹。

"里面有更多。"陈嘉裕招呼着吴仕岚往里面走。果然,墨绿色的漆面地板上遍地都是滑石粉的踪迹,上面布满脚印踩踏的痕迹。

他发现陈嘉裕的表情有些不对。

"怎么了?"

"这里有两个人的脚印。"冷汗从陈嘉裕的脸颊流下,"除了一双四十二码的脚印,还有一个属于小孩的脚印。"他指向一处地面。

吴仕岚顺着他的手看过去,他感到一阵眩晕。

两人对视一眼,从对方的目光里,他们看到了恐惧。

12

伴随着嗡鸣声,碎纸机不知疲劳地运转着,胡克将最后一封档案塞进去。他把碎纸打包在一起,小心地系紧垃圾袋的束口,来到洗手间。

他看了看自己的双手,上面结满细碎的血痂,几道透着血珠的伤痕是最近产生的。他把手伸到装着洗手液的罐子前,犹豫一会,又收了回来。

洗不掉了。

镜子里的人是谁呢?他抬起头仔细观察着,这个人有着俊美的五官，碎发像钢针一样竖立。

他坐电梯下楼，把垃圾袋丢进垃圾桶之后，发动了汽车。

今天似乎有一场降雨，持续数日的阴霾天气消散了，远方的天空泛着金光。他伸了个懒腰。不知道从什么时候开始，那种无时无刻围绕着他的低气压和凝滞感，逐渐消失了。

他把车停在商场的地下车库，径直坐上前往购物楼层的电梯，来到一处贩卖舞蹈用品的商店。

他看中了一双漆皮舞鞋，拿起来捏了捏，鞋底的软硬恰到好处，这能有效地保护一个孩子脆弱的脚踝。售货员对他礼貌地微笑着问："请问，是给您的孩子挑选舞鞋吗？"

"不是的。"他在心里说——我给我自己挑。

说着，他掏出信用卡。

没有想到那两个警察可以查到这种地步，他们竟然能揭开我隐藏最深的秘密。他想，这样下去的话，过不了多久，自己就会被抓住了。

"你不应该去那里。"胡克说，"他们知道那个地方，他们在那里等你。"

"可是我答应了别人。如果随便欺骗小孩子的话，他们就不会再相信大人了。"这样想着，胡克笑起来。

吴仕岚身处食堂对面的楼房二楼，透过窗帘的缝隙观察食堂的动静。围绕着这个废弃食堂，警方已经布下天罗地网。凶手只要走进方圆一百米，绝无脱身的可能。

昨天看见的脚印给了他极大的冲击。可仅仅是一个脚印而已，很难在短时间内找出它的主人。吴仕岚暗暗祈祷着，不要再发现第三个受害者。

在常规调查外,他们只剩下这一个蠢办法:既然已经证明凶手有来这里跳舞的习惯,那就只能守株待兔了。

他看向身边的陈嘉裕,对方的眼里有着和他一样的担忧。

就在这时,变故发生了。

他们明明监控了能够前往食堂的每一条路径,可是谁也不知道这个小女孩是怎么进来的。她就这样出现在食堂门口,犹豫了一会儿,在门口的石阶上坐下。

"该死。"说着,他准备下楼,可是却被陈嘉裕伸手拉住。

"如果凶手在这时候出现,我们所有的准备都白费了。"

吴仕岚重新看往楼下,女孩背起双手,一蹦一跳,像是在跳舞。

"他来了。"陈嘉裕低声说。

一个穿着西服的人,手中提着购物袋。

吴仕岚拿起对讲机,让同事做好准备。他眯起眼睛,对方越来越近。

"怎么是他?"看清对方的脸后,他震惊了。

目前还没办法确定对方的身份,他按捺住心中的冲动。女孩似乎和这个人相识,她雀跃着跑向对方。

"是他。"陈嘉裕死死盯着男人的皮鞋,"是这双鞋,他昨天来过。"

"抓人?"吴仕岚举起对讲器。

"再等等。"

男人走到食堂的石阶前,找了个干净地方坐下。他正从购物袋里掏出什么东西——那是一双鲜红的舞鞋。他招呼着女孩在自己身边坐下。

他小心地端起女孩的脚踝，就像对待世界上最宝贵的事物。

他为她穿上舞鞋。

天人 ———

二十平方米左右的店铺里挤着几十号人，店铺中飘着植物油和面粉的香气。陈嘉裕坐在队伍最末尾的板凳上，百无聊赖地翻看着手机上推送的悬疑小说，讲的是一个随时随地都想干掉自己的私家侦探和一桩无聊的委托，他一眼就看出来作者在模仿谁——雷蒙德·钱德勒，那是他喜欢的作家。

几位买到油条的胜利者从他身旁走过，松脆的油条在他们的齿间沙沙作响。陈嘉裕咽了口唾沫。

这家店只卖油条，下午三点开门，六点关门，二十年来雷打不动。老板夫妻二人操持，从发面、切面到下锅，每一道工序都在顾客面前完成。陈嘉裕吃过不少次，也没吃出什么门道，就是感觉和其他家不同，如果非要描述它的味道——这就是油条的本味。

在科技发达的当今社会，无数精美的调味品伺候着人类的味蕾，许多人早已忘记了食材的本味。资本和工业讲究的快准狠不能适用在食物上，拿猪肉举例，如今市场上流通的猪肉和陈嘉裕小时候吃到的完全是两种东西，外来的快速生长猪种取代了本土猪种，需要时间累积的风味物质被调味品取代。

好的食物，手工业，文艺作品……这个时代杀死了一切需要下水磨功夫的行当。在等候油条的间隙，陈嘉裕不禁发出这样的感叹。他转头看向身后的马路，美食街的其他店铺大多没有开门，几个削着锅盖头的精神小伙蹲在马路牙子上抽烟。

他们穿着标志性的紧身牛仔裤和小皮鞋，看起来就像从短视频软件里走出来的人物。几架五颜六色的"野火"摩托横在马路上，几乎占据了双向车道的一半。他感觉有些不对，不知是因为地上扔着的那只旅行包，还是少年们摩拳擦掌的神态。

锁上手机之前，他扫了一眼文末的编辑评语："这种自以为幽默刻意卖弄聪明打破次元壁的写法看得我快窒息了，废话连篇，絮絮叨叨一大堆毫无意义的事情。"他怜悯地笑了，希望这位编辑能学会正确使用汉语的标点符号，也希望他能读一点钱德勒。编辑应该读钱德勒，就像油条师傅应该分得清面粉和墙灰。

毕竟文学本身就是絮絮叨叨地讲述一大堆毫无意义的事情的活动，有意义的东西在教科书里。

站在樟树下的那个少年看起来像是他们中的头儿，他将烟夹在食指和中指的最里侧，一脸不在乎的表情。他歪着脑袋，吸食烟雾的时候眯起双眼。旅行包躺在他的脚边，长度大约五十厘米，五十厘米的东西有很多，陈嘉裕暂时联想不到一个确切的事物。

大约过了两分钟，他们像是发现了什么，其他几位少年从地上站起，带头的少年拎起旅行包。陈嘉裕将脑袋探出门外，少年们看向他左手边的位置，一辆黑色的奥迪 A6 正从那个地方驶来，后面跟着辆面包车。

从面包车上下来的是几个戴着金链子的年轻人，他们在少年对面站定，展露正规军的威严。随后，一个中年男人从奥迪车上走下，他看起来就像是那种老板，他们搞基建，或者其他简单粗暴的行业，手底下养着些人，埋单的时候只用现金。城乡接合部的人间帝王。

老板没有开口，代替他开口的是从副驾上走下的另一个男人。他的耐心很差，没来得及等自己说完一句话，就将他的巴掌扇在带头少年的脸上。那只胳膊上文着刺青，陈嘉裕仔细看，是一只蝴蝶。

这个动作激起一阵吼声，少年们跃跃欲试，大人严阵以待。陈嘉裕站起身，走出店外。"这好像不是狱警该管的事啊。"他自言自语道，"我只是出门买根油条而已。"

眼看着有热闹可看，油条店里的人们丧失了对油条的兴趣，他们蜂拥在店门口，议论声此起彼伏。陈嘉裕没来得及走到马路对面，忽然看见那位少年将手伸向旅行包。

他暗道不好，加快脚步。

少年的动作很快，没有半点犹豫，便从旅行包中抽出一根棍状的东西。他走路的样子很奇怪，像是用左腿拖拽着右腿。对面的人似乎被他的举动震慑住了，他一瘸一拐地走到中年男人面前，竟然没有受到半点阻拦。

他将棍子抵在男人脸上。

那是一根土铳，里面装的是火药和铁沙。山里的农民过去用这种东西捕猎，它的威力不大，十几发也打不死一头野猪。但放在人身上恐怕就不一样了，尤其是在这么近的距离下。

由于威力不大，它无法成为杀人狂的武器。那些用它斗狠的人想到了更阴险的法子，他们将土铳中的铁沙替换为糯米。对着肚子开一枪，糯米嵌在肉里，遇血水发胀，又痛又痒，苦了替他们一颗一颗拔除糯米的外科医生。

在这种时候，他应该放一点狠话，比如"我看看谁他妈敢动"之类的，搞不好一战成名——这种不要命的年轻人很容易在他们的世界里受到赏识。但他没有说话，只是将枪抵在对方脸上，然后抠下扳机。

就像拿到筷子就要吃饭，坐上马桶就要点烟，他做的事情是如此理所当然。

和陈嘉裕一样，所有人都惊呆了。少年、大人、围观者，每个人脸上都挂着不可置信的表情，他们沉浸在那一声枪响的余韵中，以至于没有人听到越来越近的警笛声。

吴仕岚从警车上率先走下。"全部蹲下！双手抱头！"他大喊道。转头看见人堆里的陈嘉裕，他有些惊讶。"上来帮忙啊，傻站在那里干吗？"

枪口缓缓平移，少年对准了胳膊上文着刺青的男人。男人仓皇后退几步，眼神里充满恐惧。少年扣下扳机，没有响声。哑火了，他撞上了好运。

陈嘉裕抓住少年的左臂，往身后一拧，将其按倒。砰的一声，土铳落在地上。他忽然想起那个被枪击的中年男人，那个人就像被遗忘了一样。抬头看，那个人瘫坐在地上，用左手捂着伤口，鲜血从指缝中不断流出。就算能活下来，毁容也是板上钉钉的事了。

深夜，宁阳湖心。

宁江隶属于长江水系，它和另外八条支流在此地汇合，共同注入这片千余平方千米的低地，形成了宁阳湖。宁阳湖地处宁城的下级县宁阳，宁城是个小地方，没出过什么文人，名气虽然不大,但和其他几座闻名天下的大湖比起来,宁阳湖的风景毫不逊色。天气晴朗的日子里,泛舟宁阳湖上,碧波万顷,烟波浩渺,堪称绝景。

深夜的宁阳湖又是另外一番景象,水面被月球的引力接管,形成拍向岸沿的波浪,白日里蛰伏湖底的巨兽出外觅食,水下暗潮汹涌。望向这片与白天截然不同的水面,难免会让人联想起一些惊悚的故事,和那些历史悠久的大湖一样,宁阳湖也流传着水怪的传说。

宁阳湖心,百步大小的野岛旁停靠着一条驳船,几位戴着草帽的游客零散坐在岸边,手中各执钓竿。他们是来钓鱼的。

大鱼。

他们手持特制的钓竿,这种竿比寻常的钓竿粗一些,尽管这样也并不保险,每一个巨物猎人都有过钓爆鱼竿的经验。他们闭口不语,空气静默,似乎所有的钓者都笃信着说话声会惊扰鱼群的规则。

此时风也停了下来,只剩不远处水面上的钓饵上下起伏。

郭正开选择了岩石旁的位置,他曾在一块花岗岩旁钓到过他垂钓生涯中最大的一条花鲢,那条鲢鱼身长一米五,重达八十五公斤,一双眼睛大过杯口。从那天起,岩石成了他的幸运物,每到一处新的钓点,他都要找到那里最大的一块岩石。

大鱼是可遇不可求的东西,听说这座野岛旁有鱼窝之后,他们便连续在这儿守候了一个多礼拜,只是钓上来的大都是些中等体形的胖头鱼。眼看有两位钓手已经开始收竿,郭正开在心底思忖起来,如果今天也见不到它的行踪,明天就不再来了,毕竟租船和器材是笔不小的开销。

自从迷上这项奢侈的运动之后,妻子的怨言也多了不少。

忽然,冥冥中似乎有什么东西听见了他的声音,手中的钓竿传来微弱的振动。他朝那只草鱼形状的假饵看去,它已经被拽入深水。来不及等他反应过来,一股巨力撕扯起他手中的钓竿,他一屁股坐在地上,牢牢攥紧钓竿,线盘起飞似的狂舞着。"大家伙!"他匍匐在地上,将重心压到最低,用尽全身力气大喊道。

几位钓友丢下钓竿,朝他的方向飞奔过来,他的手心像是被灼热的铁烫过,只感觉火辣辣的疼。钓友从身后抱住他的手臂,他尝试着稍微收紧线盘,那股巨力又陡然爬上钓竿,差点儿将他们拽得摔进浅水。

他回头看向两位钓友,两人脸上挂着不可思议的表情,他们也感受到了刚才那股力量。"是鲟鱼,至少两百斤往上!"

能长到这么大的淡水鱼种不多,在宁阳湖能找到的只有鲟鱼。如果真的是鲟鱼的话,郭正开想,他要上新闻了。上新闻是其次,超大的鲟鱼也意味着昂贵的价格,他开始盘算着将这条鲟鱼卖掉以后的事情,他要给妻子买一条蒂英尼的项链,最近她老是有意无意地给他透风。

另外三位钓友赶来之后,三人排成老鹰捉小鸡似的长队、拔萝卜的架势,每人抱住前面的人的腰部,将力量传导给对方。郭正开站在队伍的最前方,将钓竿抵在肚子上,双手颤抖着。脚下的泥地被他蹬得稀烂,线盘上的线已经放到最后几米,他深呼吸一口气,开始和大鱼角力。

这个环节和拳击手的比赛相似,是智力和耐心的博弈——观察对手的动作，留出底力，等待对方露出破绽。鱼游累了，收线，鱼发狠力，放线。外行人听起来复杂，其实不过就是重复这个过程而已。在这个过程中对决策的判断和控制力，才是考验钓手经验的地方。

人类是自然界的奇迹，当六个人的力量拧成一股绳，再加上他们所制造的精妙工具，竟能将那种怪物从湖底拽到人世之中！在与大鱼角力的过程中，郭正开不禁发出这样的感叹。

一个小时过去了，其间郭正开曾数次怀疑这条鱼竿将承受不住它的力量，幸运的是，它坚持了下来。他感受到那家伙正在变得越来越虚弱，它已经没办法像刚上钩时那样蹂躏自己了，它的怪力败给了人类的智慧。

像是发泄似的胡乱挣扎一番以后，它放弃了抵抗。

套上防割手套，郭正开和钓友协力拉起钓线。眼看着那家伙浮上水面，郭正开忽然感觉有些不对劲。鲟鱼有着窄小的头部和美丽的身材曲线，就像是一把绷紧的弓，但借着月光看去，水面上的这家伙比正常的鲟鱼肥大许多，扁阔的脑袋面对着自己。"这是鲶怪？宁阳湖有这么大的鲶怪？"他狐疑地问向一旁的钓友。钓友摇摇头，似乎也对这个问题感到困惑。

在宁城的土语中，鲶鱼被称作鲶怪。鲶鱼丑陋、肮脏，人们对这种生物的厌恶，从给它的命名中可见一斑。

不久后，这条怪物躺在了郭正开面前的地面上。它足有三米多长，宽阔的嘴唇一张一合，遍体流淌着湿滑的黏液，这哪里会是鲟鱼？郭正开的心情有些复杂，鲶鱼是最贱的鱼类，这条鲶鱼在满足他的成就感之后，恐怕没有办法填补妻子的物欲了。

他取出割线刀，割断鱼嘴上的线。

"宁阳湖怎么可能有这种东西？"一位钓友在鲶鱼身前蹲下来，喃喃道，"这是湄公河巨鲶。"忽然，他伸手摸向鲶鱼的腹间，皱起眉头，"有点奇怪啊。"

郭正开也蹲下来，将手电筒向鲶鱼的腹部照去。他赫然发现，鲶鱼白花花的肚皮上有一道蜈蚣状的疤痕，疤痕从鱼的下巴处起始，一路延伸至鱼尾，疤痕上浸润着血渍，看起来像是不久之前留下的。他伸手摸了摸，鱼腹柔软光滑，黏液拉丝。

"这看起来……像是人为缝合的痕迹。"他震惊地说，"太奇怪了。"

他曾经在一家鲟鱼养殖场里见过类似的事情，人们给鲟鱼剖腹，取出鱼子，死去的鲟鱼则被扔进流水线中。其中有些珍稀的个体会被留下，工人们用针线替它缝合，重新等待下一次取籽……但什么人会给鲶鱼剖腹呢？

他继续顺着鱼腹摸下去，忽然，他摸到了一个坚硬的，像是球形的物体，那东西在鱼腹中游移。他按捺不住心中的好奇，从工装裤中再次取出割线刀，插入鱼腹。扑哧一声，鱼腹被划开了。

月光静悄悄地洒在岛上，水草随风摇曳。大鱼在这诗般的画面中猛烈挣扎，白花花的脏器从腹腔淌出，空气中遍布着浓烈的腥臭，在那堆肉山般的脏器之中，藏着一个黑乎乎的东西。

它连接着美丽的脖颈和尚被藏在鱼腹之中的躯干。在被恐惧攫住的前一秒，郭正开的脑海中闪过一个奇怪的念头。

这看起来就像是一场分娩。

福利院的中间有一栋两层楼高的建筑，二楼是宿舍，一楼则是五十平方米左右的公共区域。刘洋推着餐车走进主楼。

不锈钢围挡将这片空间分隔为一个个狭窄的格子，每个格子在一平方米左右，孩子们就被关在这些格子中。福利院的护工没有办法一一照看他们，这是他们能想到的最好的处理方式。

房间很大，除了囚禁小孩之外，它还肩负着教室的机能。刘洋用右腿拖曳着萎缩的左腿，从教室和囚禁区之间的走廊走过。唯一令他感到欣慰的是，在这里他不需要伪装得像个正常人。没有人会用异样的眼神打量他，没有人会笑话他是个瘸子，和其他人比起来，他甚至算得上健康。

他看了看左手边的黑板，上面的粉笔字看起来像是多年前的产物。在孩子们能够得到的高度，有一些五颜六色的涂鸦。

在黑板的左下角，一幅图案吸引了他的注意。蓝色的波浪线是海，白色的菱形图案是鱼，绘画者仔细地雕琢了鱼身的鳞片，让它看起来栩栩如生。画这幅画的人很用心，他一定很喜欢这种生物。

作为年长的孩子，刘洋肩负着给小孩们分餐的工作。

他来到走廊的尽头，从餐车上抓了一只餐碟。清炒西葫芦和看不见鸡蛋的紫菜鸡蛋汤，这份菜谱已经重复了好几天，应该是因为最近的西葫芦搞特价吧。他将餐盘从上方递进格子中，孩子自顾自地坐在地上玩沙子，他推推他的肩膀。"小龙。"他叫道。

聋哑人听不见他说话。小龙憨憨一笑，接过餐盘，用肮脏的小手抓起盘中的米饭，朝嘴里塞去。刘洋抓住他的手，往里面塞了一把铁勺。

小龙旁边的格子中放着一把婴儿椅，一个三四岁的女孩被软绳捆在上面。她的脑袋歪向一边，唾液濡湿了衣领。每次给她喂食的时候，刘洋都感觉自己像是在喂一只兔子。她是脑瘫儿。

做完这些工作之后，他仔细地检查了每一个格子间的铁门，如果门闩没有锁紧，孩子们从里面跑出去，他将承受恐怖的责罚。

福利院中偶尔会来一些奇怪的男人，那些人看起来不像好人，但连院长也对他们恭敬有加。曾经发生过这样的事情，因为他的疏忽，一个小孩跑到了几千米之外的县城，将小孩从派出所领回福利院的是一个右臂文着蝴蝶刺青的男人。

男人将他带到院长的办公室里，一边抽烟，一边用皮带抽打他。刘洋是打架的老手，他知道那个男人没有留力。"就算打死也没什么大不了的。"他应该是这样想的吧。令他恐惧的不是疼痛，而是他所接收到的男人的想法，他在那个人眼里只是一只随手就能碾死的苍蝇。

那一次之后，他再也不敢忤逆院长和护工们的命令。他渐渐明白，那些穿梭在福利院中的男人们才是这里的主宰。

完成检查工作之后，刘洋将餐车推回厨房。这时已是午后，走过寝室的时候，他几乎能听见护工们的鼾声。院门口的大铁门紧锁着，他来到福利院的后院，这里有一片约一百平方米的荒地，从前种过一些蔬菜。

后院的围墙比前院矮一些，他找到那处熟悉的垫脚石，轻而易举地翻越围墙。围墙是给小孩们准备的，拦不住他这样的大孩子。

离开福利院之后,他奔跑起来。虽然左腿的肌肉严重萎缩,但他的右腿远比一般人强健,他用右腿踩住地面,将身体像把弓似的往前弹射,以距离弥补步频的不足。他从小便学会了这种奔跑的姿势,丑陋但高效,没有人看他的时候,他可以跑得很快。

不久,他来到了镇里的主街上。今天是赶集的日子,镇上的人不少,他放慢脚步,拐进一处巷口。塑料布搭建的雨棚中传来台球碰撞的声音,拉开卷帘,几个少年正围着台球桌抽烟。

"癫子!"一个少年看见他的身影,将台球杆一把甩过来,他接住球杆。"癫子"这个绰号来自一场约架,他一个人放倒了四个对手,浑然不顾自己被砸得鲜血淋漓的脑袋。他们说他打架的样子像头野兽。

这些人是他的朋友,他用暴力赢得了他们的尊重。在这里他不是瘸子,没人愿意,也没人敢叫他瘸子。

九号球一杆入洞,他用球杆挂着地,拿起桌上的枪粉,摩擦着杆头。"今天没架打?"他向蹲在地上的黄毛问道。黄毛抓抓脑袋:"没有,你打架有瘾?"紧接着,他像是发现了什么有趣的事情,放声大笑道,"我忘了,你确实有瘾。"

是的,无论是谁也好,让我挥动拳头吧。刘洋想。只有将拳头砸进对手眼眶的时候,他才能感觉自己是在像个人一样活着,而不是一个可怜的、来自福利院的残疾人。

塑料帘子被掀起,老板娘手中提着红色的塑料袋。少年们一人接过一碗炒粉,蹲在地上吃了起来,刘洋坐在台球桌的边沿,黄毛给他递来炒粉。他犹豫了一下,将它接入手中。

"喂,你们有没有听说过那件事?"黄毛故作神秘地说。

"有屁快放。"一个少年插嘴道。

"宁城最近出了一个变态杀人狂！我听说，尸体被扔在一处化粪池里，被发现的时候，人涨得像两个大，肉缝里都钻满了蛆……"他说得起劲，用一只手指比画出"1"的手势，"在尸体的额头上，有一个用刀刻出来的图案，是个数字1。"

"你就编吧。"刘洋掐住自己的喉咙，做了个干呕的动作。

"真的，我姐姐在城里，她亲眼看到了。"

"你哪个姐姐，那个在按摩店里给人搞推油的啊？"黄毛听了这话，脸色青一阵白一阵，将吃到一半的炒粉向对方脸上砸去，生生在他脸上开了个酱油铺。

"我操你妈！"少年抹掉脸上的粉条，从地上站起。片刻之间，两人在地上厮打起来。

回到福利院的时候是傍晚，刘洋从后院的围墙爬进来，走到前院的时候，忽然发现院里多了一辆车。那是一辆黑色的奥迪，车牌号是"88188"。不知怎么的，他感觉自己曾在什么地方见过这个车牌，却又想不起具体的场景。

他在院里的榕树下站了一会儿，假装观察着树干上某只不存在的昆虫。房子里传来高声说话的声音，几个男人从里面率先走出来。他只看了一眼，便将眼神移开。那个胳膊上文着蝴蝶的男人也在他们之中。

几人走到奥迪车前，拉开车门，像是在等待着什么。又过了两分钟，一个穿着白色POLO衫的中年男人从里面走出来，他的腹部鼓胀得像是怀胎十月的孕妇，满脸横肉间藏着一对狭小的眼睛，那双眼睛总是在笑。几乎在一瞬间，刘洋认出了这张脸。

他想起来了。那一天,这个男人也是从这台黑色奥迪车上走下来的。"88188"。

他的双腿筛糠似的抖动着,便意在小腹处不停翻涌。巨大的恐惧和愤怒将他裹挟,使得他几乎分不清两者的区别。他想再次抬头去看,可已经没有了扭头的勇气。他们会杀死我的,他们会杀死我的……他用微不可闻的声音喃喃着。

浑厚的排气声响起,奥迪车扬长而去。他背靠着树干,缓慢地滑落,瘫坐在地,双眼被泪水糊满。"对不起。"他说。

教室里传来开饭铃的清脆声音,他抹去泪水,走进教室。孩子们已经从格子间中被放出来了,空间显得有些拥挤,这里多了一些他没见过的人。

两袖空空,被锯断双臂的孩子;双腿连在一起,像是美人鱼一样在地上爬行的孩子;腹部长着比躯干还大的瘤子,皮肤如同树干般粗糙的孩子……刘洋想,如果地狱真的存在的话,大概就是这样的吧。

他们的年纪似乎比他要大一些,几乎每个人都有着一双无神的双眼。他们从哪里来,又要到哪里去呢?

黑板下,一个女孩背对着他。她正在欣赏那条在波涛中游曳的鱼儿,回过头,一双眼睛中却没有眼仁,只剩下硕大的眼白。"那里有人吗?"她说,"你身上的气味很特别,是刚来的孩子吗?"

"你在看那幅画……你看得见吗?"刘洋犹豫着说。

"这是我画的。"女孩的双手绞缠在一起,似乎有些紧张,"我看不见,不知道画得好不好。很丑吗?"

"不会,很好看的。"

这是他来到福利院的第一年。

躺在急救中心的男人叫江少军,倒运土方发家,据说早些年还走私过汽车,但没有证据。他旗下有三家公司,和他那些在县城呼风唤雨的朋友一样,他的发家过程中隐藏着许多见不得人的秘密。当然,他也是扫黑除恶小组重点关注的对象。

那个男孩走起路来一瘸一拐,动起手来雷厉风行,牙关咬得死,问不出半个字。早生二十年,他就是那个世界里奔涌的后浪,可惜时代变了。吴仕岚手头有别的案子,对他没有任何兴趣。扫黑工作有专门的部门负责,如果他们没有在马路上上演全武行,也不需要自己临时出警。

将少年和他的党羽交给同事之后,他回到自己的工位。茶缸子里装着早上冲的茶,茶水已经变成了诡异的褐色,他端起来喝一口,舌头尖像是被砸了一拳。法医的检验结果应该差不多出来了,他拿起桌上的案件卷宗,重新检视起案情。

第一起案子发生在四年前。死者是宁阳县某街道办事处的合同工。女性,三十七岁,死因是机械性窒息,凶手使用某种绳类工具将她缢死,然后抛弃在一处偏僻的化粪池中。尸体的额头上有一道竖线状伤痕,当时警方还不明白这个符号的意义。

最有可能的作案地点是死者下班时经过的小巷,但没有目击者,没有监控画面,没有物理性证据。干净利落。

第二起命案发生在三年前,这次的死者是一位在宁城工作的建筑工人,男性,四十五岁。除了脖颈上找到的勒痕之外,他的身上还有被捆绑过的痕迹，法医的判断是死者生前与凶手进行过搏斗，并且曾被囚禁过。

令人不解的是，死者的左右腋下分别有两道割伤。凶手很难在正常的搏斗中刺到这两个位置，警方怀疑，凶手将被害者囚禁的理由是为了制造这两处割伤。这是致命伤，被害者腋下的动脉被割破了。警方在一处废弃的工地找到尸体的时候，他身体下的血液已经凝固，看起来就像躺在一张暗红的地毯上。

他有更加简便的方式可以杀死对方，为什么宁肯冒着被发现的风险，也要将被害者捆绑，然后使用这种明显多此一举的杀人方式？吴仕岚思忖着这个问题，他翻到下一页。

这张页面上有尸体被发现时的状况，在他的额头上，有一个用锐器雕刻出的阿拉伯数字"2"。

有了第二个，警方才明白之前那道竖线的意义，那是"1"。这是连环杀人案，而且根据目前掌握的情况，几位死者间不存在任何社交关系，很有可能是无差别连环杀人案。残暴的凶手至今隐藏在暗处，默数着下一个数字。

这是他的印记。他在告诉所有人，这是他的猎场，猎物是他的功绩。但没有人知道他的数字表有没有尽头。吴仕岚了解那些大名鼎鼎的连环杀手，为了避免风险，他们往往会选择女性为杀戮对象，但这个人没有，他似乎敢于挑战。

吴仕岚继续翻阅案件卷宗。一定存在某种规律，他想。每个人的行为都有潜在的模式，人们在重复完成一件事时，会留下连自己都意识不到的惯性痕迹。这个规律就是找到凶手的关键。

第三起命案也发生在宁城市内，时间是两年前。死者是宁城卫生局的一位副科级公务员，男性，四十九岁，即将退休的年纪。他是在一场饭局之后被杀害的。他喝得醉醺醺的，凶手几乎没有费任何力气。和前两起一样，脖颈上找到了勒痕，致命伤。他的额头上刻着"3"。

按照家属的描述，死者原本有着漂亮的分头，头发茂密，油光发亮。在同龄人眼中，这无疑是令人羡慕的特征。但凶手似乎有着某种不可告人的恶趣味，杀死被害者之后，使用烫发棒之类的工具，给尸体烫了一遍头。

吴仕岚看着死者头上如同被雷劈过的发型，怎么也想不明白凶手的意图。

烫发的原理是用加热的方式破坏发层中的细胞，以破坏的形式强行扭曲它的形状。难道是出于破坏欲？但又如何解释第二位死者腋下的伤口？

假设他是为了追求仪式感，但仪式感本身也是一种秩序性的重复。化粪池，割腋，烫头……这代表着什么？简直乱来。

"第四位，一年前。"吴仕岚身旁传来一个清脆的声音，是那位叫王建岚的女警。自从某次案件调查过程中见过人茧之后，她的胆子大了不少。她背着手，踮起脚看吴仕岚手中的卷宗。"在宁城开小卖部的女老板，五十四岁。死因一样，是机械性窒息。她的额头上刻着'4'。发现尸体的位置是距离宁江十千米远的郊外，附近五千米内没有任何水域。她的衣服上沾满泥浆，但身体上却找不到任何脏污。凶手擦拭过她的身体，她的头发是干净的，身体是干净的，唯有衣服是脏的。"

"为什么，"吴仕岚问，"为什么你的名字里也有个'岚'

字?"他放下卷宗,喝了口茶。

"岚,山中之风也。"王建岚故作深沉地吟诵道,她话锋一转,"凶手每过一年杀一人,刻在额头上的数字是他的印记。惯用的手法是勒颈,根据目前发现的尸体来判断,他惯用的凶器直径约在一点二至一点八毫米之间。"

"你能想到什么?"

"墨线,建筑工地上用来测直的那种棉线。"王建岚手中比画着,"或者渔线。"

"不大可能是渔线。"吴仕岚摇头,"渔线的直径最多零点几毫米,我没见过这么粗的渔线。"他继续翻向下一页。

重头戏来了,第五起。

发现尸体的是一群路亚钓手,三天前,他们在宁阳湖中钓起了一头三百余斤的巨大鲶鱼。当吴仕岚抵达现场的时候,那头鱼已经奄奄一息,浑身上下散发着提早来临的腐臭。

尸体就躺在鱼身旁,据钓手陈述,尸体是他们从鱼腹中掏出来的。吴仕岚低头去看,雪白的鱼腹上有一道缝合的痕迹,上面是错综复杂的棉线。这是人为缝合的痕迹,吴仕岚做出判断。

凶手将死者杀死,剖开一头巨怪的肚子,再将她藏入鱼腹,他想做什么?吴仕岚似乎想到了什么,问向一旁的钓手:"宁阳湖里从前有这种鱼?"

"这是湄公河巨鲶,在中国有一些入侵记录。但宁阳湖里从来没出现过这东西。"钓手说,"大部分的入侵巨鲶都分布在距离东南亚最近的西南三省,宁城在内陆,哪来的这玩意?我们也觉得很奇怪。"

吴仕岚观察起尸体。是个女孩，面容算得上清丽，脖颈上有勒颈的痕迹。令他惊讶的是，尸体的额头上有数字"5"，是那个人的手法。但和之前不同的是，女孩的额头上没有那道用锐器剜出的伤口。"是油性笔。"他自言自语道。凶手这一次没有伤害尸体，他使用了油性笔。

这样做的理由是什么？他不想伤害她吗？吴仕岚笑起来，这个推测也未免太无厘头了。他杀死了她，却不想伤害她？没可能。

"尸检报告出来了。"王建岚打断吴仕岚的回忆，她说，"死者是宁城人，盲人，在宁阳县的一家残障福利院长大，目前似乎还生活在那家福利院中。死亡的时间在一周前，尸体大部分的特征都和我们的推测一致，死者是死后才被放进鱼腹的，但有一个地方很奇怪。"

"什么？"吴仕岚喝茶。

"死者的脖子上，有两种不一样的勒痕。"王建岚说，"造成第一道勒痕的是直径约在一厘米的绳状物体，第二道则是我们熟悉的手法，直径在一点二至一点八毫米之间的细线。"

"时间差。"吴仕岚没等她说完，就抢过话来，"两次勒颈是否存在时间差？"

王建岚投来敬佩的眼神，她接着说，"法医的判断是，第一道勒痕才是致命伤。从血液凝结的痕迹来看，第二道勒痕是死后造成的。"

"也就是说，目前没有办法判断第一道勒痕是否是凶手所为，但在死者死后，凶手使用他惯用的工具，再次勒了尸体的脖子。"吴仕岚说，"他为什么要这样做呢？伤害一具尸体。"

令人不解的谜题还有很多，例如他是如何将尸体放进鱼腹的。女孩的身高是158cm，恰好能塞进那头鲶鱼的体内，而不至于伤害它的脏器。但凶手从哪找这么大的鱼？在宁阳湖土产的鱼类目录中，最大的鱼类是鲟鱼，鲟鱼的体型窄长，绝对塞不下这具尸体。

化粪池，烫头，割腋，污染衣物，现在又多了一个鱼腹藏尸，每一次都使用不同的手法，他的目的究竟是什么？这绝对不是无意义的行为，他有一个计划。吴仕岚相信这一点。

"还有油性笔写出的数字，他反常地没有刻字。"

"你知道宁城最大的水产市场在哪里吗？"吴仕岚忽然问道。

这是他来到福利院的第二年。他仍经常梦见那个夜晚，记忆被拆解成一个个具象的画面，在他的脑海中轮播不休。

除了因天生腿疾带来的烦恼之外，他的童年算得上幸福。父亲在一家二手车行工作，薪水虽然不多，但足以供给一家三口的吃穿，母亲有时去省城批发些女装，在县里摆摆地摊。如此一来，过得还算宽裕。

"无论未来是什么样的情形，只要我们一家人在一起，就没有过不去的坎。"母亲曾在他十岁生日时说过这样的话。那时的日子过得不算好，父母每个月都为了房贷忙得焦头烂额。但母亲的脸上总有笑容，每每看见母亲这副坚强的模样，刘洋因残障而破碎的心又聚拢起来。

在学校遭受欺负也好，耻辱也好，父母也在努力地生活着，自己又凭什么怨天尤人呢？

一切的开端也发生在夜晚。他犹记得那天父亲出奇地回家很晚,母亲留好饭菜以后,便坐在客厅里等他。十一点左右,客厅传来开门的声音,紧接着是父亲的说话声,声音中夹着喘息与疯狂的喜悦。他凑到门板上去听,父亲的声音太低,语速也太快了。他只听到几个支离破碎的词语:"买马,发了,运气真好。"

第二天父亲也回家得很晚。母亲似乎并没有被父亲的情绪感染,依然坐在客厅里等他,脸上挂着深深的忧虑。早上起床的时候,父亲给了他五十块零花钱,在这之前,他从未拥有过这么大面额的钞票。

其实他知道什么是买马,那段时间他总是听到这个词语。县城里到处都是印着马图案的海报,大人们将命运寄托于远在香港的骏马身上,通过电视转播获知结果。有时候他们甚至不看电视,香港那边传来一张纸,便是结果了。

那些马真的存在吗?白色的,黑色的,足有一人高的骏马,还有站在马旁英姿飒爽的骑士……他们真的存在于这真实的人世之中吗?香港又在哪里呢?刘洋向父亲提出许多问题,获得的只是他不耐烦的敷衍。从前耐心回答他每一个问题的父亲变了,是马的魔力。

每一次从买马的地方回来,父亲的双眼都是通红的,他的头发被汗液打成绺,一根根粘在额头上。刘洋开始害怕这样的父亲。

当父亲的狂喜变成狂怒的那一天,他知道事情发生了变化。父亲在客厅里对母亲大吼大叫着,在刘洋的记忆中,他从没展露过这副模样。透过薄薄的门,他听见母亲在低声啜泣,父亲接着对她说了些什么，然后是重重的摔门声。

第二天早上，刘洋在楼下遇见了刚回家的父亲。父亲在楼下吃一碗豆浆油条，一双无神的眼睛痴痴地盯着桌上的酱油瓶。刘洋和他打招呼，他仿佛没有听见。

之后，父亲的彻夜不归成为这个家庭的常态。

他清楚记得那天是周六，楼下传来引擎的轰鸣，他跑到窗台去看，下面是奥迪车黝黑发亮的车顶。那个男人从车上走下来，伸了个懒腰，走进楼道。两分钟后，门口传来敲门声。

父母在卧室里，是他开的门。男人微笑着摸了摸他的头，问他"你的爸爸在哪呢"，他朝卧室指了指。父亲听见外面的响动，从卧室走出来，愣在原地。母亲将他领回卧室。

那天他们在客厅聊了很久，男人走后，他走出房间。客厅的沙发上，父母抱在一起哭泣。

不久之后，他们从这个小区搬了出去。县城边缘，离学校很远的一处农民自建楼成了他新的家。虽然新家远远不及上一个房子舒适，但父亲终于开始按时回家，这令他感到宽慰。

不管面对什么样的困难，只要一家人在一起就好了。

"对不起啊，洋洋。爸爸没有给你一个好的身体，还让你和妈妈受苦了。"饭桌上，醉酒的父亲哭着说，"是爸爸不好，爸爸毁了这个家。"

这时他才知道，他的腿并不是天生就瘸的。小时候，他生过一场大病，因为父母拿不出治病的钱，病情一直拖着，才导致了腿部残疾。这世上穷人就是受欺负的，父亲告诉他。他们骗父亲去赌马，骗借高利贷，夺走父亲的房子，这一切都是那些人干的。

那个从奥迪车上走下的男人，毁了他们辛辛苦苦维持的家。

他以为事情就这样结束了，但多米诺骨牌只是在下一张牌上停了一瞬。平淡的日子过了两个月，父亲又开始彻夜不归了。等待父亲回家的母亲脸上再也看不到那种坚强的笑容，取而代之的是一片死寂。

像是在等待着别的什么。

那辆幽灵般的奥迪车再次出现在他家楼下时，他害怕地躲进了房间。男人和父母激烈地争吵，他躲在被窝里瑟瑟发抖。客厅里传来摔打东西的响声，母亲大叫着，大哭着，他犹豫，那条该死的瘸腿阵阵发疼。他忍受不了了，掀开被子。

抓住母亲头发的那个男人，胳膊上有一只蝴蝶。中年男人坐在沙发上，饶有兴致地观看着面前的好戏，父亲被两个人死死地按在地上，喉咙间挤出嘶哑的吼声。噌的一下，鲜血从他浑身的每个角落向脑袋上涌，他的视野中蒙上一层血翳，一切都变得模糊起来，男人抽打母亲的动作也变慢了。

我那坚强的母亲，我那可怜的母亲，我那美丽的母亲啊。我那永远保持着微笑，永远乐观面对着生活的母亲，被人拎在手上，像条死狗一样。

"我要整死你。"他低吼着，不管不顾地向男人冲去。男人看了他一眼。啪的一声，像是被什么东西砸中了头，他晕了过去。"我要整死你……"他喃喃着。

醒过来的时候，家里一片狼藉。他躺在沙发上，额头上传来阵阵钝痛，原本放在茶几上的花瓶在地上碎成渣子。他就是用这东西打我的吗？刘洋想。

"借光了。"是母亲的声音,他们还没有发现他已经醒来。"所有人的钱都借了一遍,没办法了。"

"我们惹不起他们的。"父亲叹息道,"不是威胁,我亲眼见过他们剁了一个人的手。青筋绽出来,像开花一样。"

梦醒了。刘洋揩了一把眼角,又哭了。寝室里的其他孩子陆续醒来。他在洗手台上擦了把脸,走出寝室,树荫下站着几个大孩子。他们去年也是这时候回来的,他想。

他不愿意承认的是,自己一直想要见到的那个人也在他们之中。除了和父母有关的梦,她是他梦中出现过最多次的人。上一次的梦中,她化身一条大鱼,在八百里宁阳湖中遨游着,从他所乘坐的小舟旁经过,划出一道涟漪。

"我想要成为鱼儿。"那一天,她指着墙壁上的画,对他说,"自由自在,没有谁可以约束我的自由。我想去哪就去哪,想干吗就干吗,谁也管不着我。"

她是孤儿,没有名字。籍贯上的名字不是她的,她说那是别人为她安排的名字,她不喜欢。在手机上看过一场电影之后,她让别人管自己叫海棠。

刘洋穿过树荫往厨房走去,他用眼角的余光扫视着整个庭院,希冀于在其中发现女孩的身影。有人拍了拍他的背,他回过头。"又和人打架啦?"女孩戳着他的鼻子,他往后躲。

这时一位护工从厨房里走出来,眼看着她的目光投向自己这边。刘洋甩开女孩的手,"下午见。"他匆匆跑进厨房。

午后,他来到后院的围墙边,女孩正在墙下等他。蝉在树上鸣叫，风在撩拨她的裙摆，裙下露出纤细的脚踝。因为她看不见，他可以肆无忌惮地盯着她看。

"我看不见。"女孩向他伸出手，他忽然有些心跳加速。他握住女孩的手，柔软的是肉，坚硬的是茧。"这里有块石头，你站上去。"他指引着女孩。

翻越围墙之后，他牵着海棠的手跑了好久。海棠看不见他蹩脚的姿势，他可以随心所欲地奔跑。在那对没有焦点的眼睛的注视下，他享受着久违的安全感。在一座池塘边，他停了下来。

"这里有水吗？"海棠微笑起来，"我闻见了腥气，还有风。"

他们在池塘边的石头上坐下。

"这里不够大，只有一些小鱼。"刘洋抓抓后脑勺，"今年你也去了挺久的。"自己又在说废话了，他想。

"我听说，宁城最近出了个变态杀手。"他努力寻找着话题，"凶手割破了死者腋下的两条血管，血全部都流光了。我还听说，那人的额头上被刻了个数字'2'，这是连环杀人案……"眼看着海棠的脸色变得越来越差，他的声音越来越低，"你不喜欢听这个吗？"

"我去了浙江，你知道浙江在哪儿吗？那里有海。"海棠将一块石子丢入池塘，"可是我没有见到过，我白天在外面跑，晚上就被关起来了。"

"他们让你们做什么？"

"讨饭。"海棠的声音低落下来，"穿脏兮兮的衣服，面前挂着一块牌子，上面有他们编造的故事，有时候说我是大学生，有时候说我是个孤儿，这倒是实话。白天在街上坐着讨，傍晚在步行街或者美食街上讨，看见人就要钱。"

刘洋沉默了，他不知道该说些什么。他忽然想起，今年回来的孩子中少了几个人，他不愿意去想他们去了哪里，那一定不是段好故事。

"你放心，他们不会让你去的。你这模样讨不到钱的，成年以后，他们应该就会把你赶走了。"海棠说，"他们不做亏本买卖，我听带我出去的男人说的。"

的确，他们带出去的都是重度残疾人。

"那你呢？你就打算一直这样下去吗？"

"我不知道。"女孩摇摇头说，"我没有家，不知道要去哪里。我也不敢逃，你没有见过他们是怎么对待逃走的人的，那太可怕了。"

我带你走吧——这样的念头一闪而过。紧接着，刘洋又想起那些凶神恶煞般的男人。他打了个哆嗦。"对不起。"他低声说。对不起，我没有保护你们的力量。

"你说什么？"

"没什么。"

"在浙江，我听到了一个传说。"海棠换了个话题，"将死去的人扔进大海，把尸体当作供给大鱼的饲料。下辈子，死者就能托生为鱼。你能不能答应我一件事……"海棠说。

"你说。"

"如果有一天我死了，你能不能将我的尸体喂给大鱼吃？"

"你不会死的，我们都还很小。"

"好吧，还有一件事。"海棠接着说，"你能不能不要出去打架了?"

唯独这件事,我不能答应你啊。

陈嘉裕的老陆巡最少是二十年前的产物,从引擎盖上的丰田立标就能看出来。但当它行驶在乡间的泥路上,却依然表现得像是一台正当年的越野车,底盘的回馈柔软又完整。羡慕之余,吴仕岚难免又想起自己那台不争气的伊兰特,它正躺在修理厂中接受大修。

"油费会给我报销的吧?"陈嘉裕摇下车窗。他们正经过一座裸露岩壁的山,它看起来就像是被切走一半的蛋糕,整个胸腔赤裸裸地面对着二人。"还有休息日外出的劳务费,上次斗殴事件的协同办案费……"

"行了吧,一条利群。外加一顿消夜。"吴仕岚说,"看在你勇于夺枪的分上。对一个狱警来说,这应该值个一等功。"

"那个小孩怎么样了?"

"我没管,交给别人了。话说回来,他可真是个狠角色。"吴仕岚眯起眼睛。他见过太多这样的小孩。十几岁的年纪,人一生中最勇敢的时候,为了一些在别人眼里荒唐可笑的理由,可以随时舍弃自己的生命。

车子驶过一处村镇,这里正逢集市,街面上黑压压一片人头。吴仕岚替陈嘉裕按了几下喇叭,干脆将警笛插上,引起不少围观。穿过街道不久,吴仕岚远远看见一处红瓦顶的矮房。那应该就是福利院了。

经过福利院门前的泥路时,一辆黑色的奥迪车从他们对面驶过。陈嘉裕有些好奇地说:"他怎么会来这里?"

"谁?"吴仕岚将脑袋探出窗外,奥迪车已经走远。

"那是江少军的车。如果我没有看错的话,开车的人是他的马仔,我见过他。"陈嘉裕说,"前些日子的美食街斗殴事件,他也参加了。"

"谁知道呢,也许是来郊游的吧。"

二人将车停在福利院门口的马路上,吴仕岚轻轻推门,院子的铁门没有上锁。他走进院内,一颗巨大的榕树插在院子中间,遮天蔽日。

院里没有人,左右两边各有一栋长方形的单层建筑,都紧闭着门,应该是厨房一类的设施。两人走进主楼。

"他们……就这样把孩子锁起来?"陈嘉裕发出一声惊呼。

吴仕岚也观察着面前的情景,十几个小孩被锁在长条状的不锈钢栅栏之中。他们沉默地注视着自己,眼睛里没有情绪,什么都没有,是空的。

兔子,吴仕岚联想到这种动物。贫瘠的大脑不足以让它们产生情绪,它们的躯壳中只有基因烙印下的基础反射,当这种生物注视着你的时候,它们的眼睛里是空的。没有愤怒,没有恐惧,只是活着罢了。

"两位有什么事吗?"一位穿着工作服的女性从楼梯间走出来,这家福利院应该很久没来过生客,她有些惊慌。

"你们的负责人在哪里?"吴仕岚向前走一步,护工往后退一步。

护工没有说话,她视线所指的方向替她回答了问题。吴仕岚和陈嘉裕穿过她的身旁，走上前往二楼的阶梯。在二楼走廊左手边的尽头，他们找到了院长室。

院长是一位中年女性，四十岁左右，戴着金丝边眼镜。办公室里放着两张玻璃推门书架，她从宽大舒适的办公椅上站起，那张椅子能塞得下三个她。

"警察。"吴仕岚掏出证件。陈嘉裕挠挠头："我也是。"

她瞟了一眼桌上的手机，是想要打给谁吗？吴仕岚没有犹豫，说："这个女孩，应该是你们院里收养的吧。"他掏出照片，是女孩生前的登记照。

说谎也没有意义，福利院有专门的监管机构负责，每一个孩子的身份都被登记在册。女人只是看了一眼就说："是的，她曾经在我们这里待过。"她的脸上没有任何情绪波动，如果光靠判断表情就能破案，那这件事未免也太简单了。

"不好意思，我插一句嘴。"陈嘉裕说，"你们平常就这样照看孩子的吗，将他们锁起来？"

女人的眉头微微一蹙："这也是没有办法的办法。我们的护工太少了，照顾不了这么多孩子。你去公立的福利院看看，其实大家差不多都是这种情况。"

"这个女孩现在在哪儿？"吴仕岚说。

"我不知道，她已经满十八岁了。我们只收留未成年人，孩子成年以后就会离开这里。"女人又瞟了一眼桌上的手机。

陈嘉裕抢过话茬。

"她是一起故意谋杀和连环凶杀案的受害人。如果你们对本案知情不报，将承担相应的法律责任。另外，在你们接受警方调查的同时，我们会向社会福利科提出申请，对福利院的运营情况进行调查。还有，福利院本身对她存在救助义务，如果她并不是被谋杀，而是自杀的话，你们知情不报，作为福利院的负责人，你很有可能将承担间接杀人罪的后果。"陈嘉裕稍微喘了口气，质问道，"她是自杀的吧？"

"我可以为他的说法做出辅证，这一切都是有可能的。不要低估警方的侦查能力。"吴仕岚看了一眼陈嘉裕，补充道。

女人被这一串念白吓到了，双手抵在一起，佝偻在办公椅中。过了一会儿，她抬起头，似乎做出了某种决定："对，她是自杀的。发现时她的尸体已经凉透了。和我们没有关系。"

走下楼梯的时候，吴仕岚碰碰陈嘉裕的肩膀。低声问："你怎么能确定她是自杀的？"

"你说过，女孩的脖子上有两道勒痕，造成第一道勒痕的作案工具比第二道粗不少，第一次是致命伤，第二次勒颈使用的是凶手惯用的工具，两道勒痕很有可能是两个不同的人所为。"陈嘉裕说，"弄死她的人大概率不是那个连环杀手，那要么是别人，要么是她自己。二选一，我猜是她自己。"

"你蒙的？"

"这有什么关系？猜错了又不用承担法律责任。大不了诈和。"陈嘉裕说，"在这样的地方生活，孩子自杀也不是什么奇怪的事吧。"

三人走出主楼。

"就是那棵树。"女人指向院中的榕树，"我们发现尸体的时候，她就吊在那棵榕树上。"

"为什么不报警？"吴仕岚说。

"这种事情如果被捅到网络上，别说我的工作，就连福利院可能也会开不下去。"女人沮丧地说，"他们这种人，本来就没有人在乎。偶尔会有人来送点慰问品，把他们当作吉祥物似的上下左右拍一遍，收起相机就走了。真的有人在乎他们的死活吗？除了我们这些必须承担责任的员工，恐怕没有别人了吧。"

吴仕岚没有办法反驳她的话，他想起曾经在短视频软件上看到过的画面。就像这女人说的，那些居高临下地给弱势群体施舍粮油米面的博主，难道真的会在乎这些人的死活？只要不死在他们面前就好。他们只是把这些人当作牟利的工具，给观众制造虚妄的道德感罢了。他了解贫穷，没有人愿意把贫穷剖开给别人看。贫穷是一种令人脚趾蜷缩的耻辱。

"尸体呢？"

"我觉得你们应该派人来。"女人的手指向后院，眼神却没有跟过去，"我们把她埋在那里。"

吴仕岚跟着女人来到后院，在女人指示的位置，他弯腰捞起一捧土。这里最近经过两次发掘，土色是新的。第二个掘尸的人也将土坑填实了，看来他的时间很充裕。

福利院将尸体掩埋后不久，另一个人出于某种目的将尸体重新挖出来，这已是定论。但她是如何跑到那头大鱼的肚子里去的？这期间发生了什么？连环杀手为什么在第五次作案时展现出与之前截然不同的行为特征？

规律，行为模式，这些在他的世界里似乎通通不存在。随心所欲的疯子，他用骰子决定行动。

女孩是自杀的,这次他为什么没有杀人,而是跑到宁阳县的乡下去挖掘一个已死之人?挖掘尸体的人是凶手吗?这些问题仍然没有答案。

他转头看向那个女人,她一脸迷惑。从她嘴里是问不出更多东西了。

离开福利院以后,二人前往位于宁城东侧的农产品批发中心。这里有宁城最大的水产市场。得益于宁阳湖的存在,宁城本就盛产水产,包括外来的商品在内,几乎所有的水产交易渠道都在这个地方。

刚走进水产市场的大门,一股腥风就扑面而来。吴仕岚在路边看了几家店,在一家店铺门口驻足。这时已经过了采购的高峰期,老板穿着一身防水围裙,蹲在门口的案板前剁鱼。

"买鱼啊?"老板摘下嘴中衔着的烟头,"里面随便看。"

"给我包一条石斑。"吴仕岚随手指向离自己最近的玻璃鱼柜。看清上面的价格之后,他有些后悔。

"好嘞,这条可以吧?要杀吗?"老板抓起捕鱼篓,从鱼柜中捞出一条大小适中的鱼。"那麻烦你了。"吴仕岚说。

"愧领了。"陈嘉裕笑着说。

趁着老板剖鱼的间隙,吴仕岚和他攀谈起来:"老板,你知道这附近哪有卖鲶鱼的店子吗?"

"鲶怪?"老板皱眉,"宁阳湖有最好的草鱼、胖头鱼、鳜鱼……谁吃那玩意儿?外地人才吃吧,脏得要死。"

"大鱼,超大的鲶鱼。"吴仕岚张开双臂比画着,"三米往上的湄公河巨鲶,您在这里见到过吗?"

"不可能。"老板说,"如果谁家进了这么大的鲶怪,我不可能不知道。没有,从来没有过。你问这干什么?"

"没什么,我朋友最近在宁阳湖里钓到一条湄公河巨鲶。我有点好奇,按你说的,宁阳湖里从没有这玩意儿,是谁往里放的?"

"哦?那我知道了。没错,不是我们这里的,在水产市场买鱼的人,谁也不会吃饱了没事跑去湖里放。"老板将石斑鱼装进塑料袋,被去除内脏的鱼身还在活蹦乱跳,陈嘉裕一把接过。老板说:"除了农批市场,宁城还有一条水产进口渠道。他们直接和外地的供货商联系,不跟我们搭架的。"

"在哪里?"

"仰山寺,放生会。"老板不屑地咂着嘴,"价格比我们这高三倍,这些傻子抢着买。你一说往湖里放鱼,我就知道哪儿来的事了。"

禅宗祖脉,仰山寺。

护工们入睡之后,刘洋从福利院里溜到镇上。网吧包夜八块钱,四个小伙伴一人给他凑了两块,于是他也能上网了。五年间,他用拳头在这个小镇上打出了名堂,镇上只有一所中学,里面所有的混子都知道他的名号。福利院没有零花钱发给他,但他得到了不带钱就能消费的待遇。

这也是因为他的仗义。不管是谁,和他见过一次面,打过两次招呼,但凡找到他面前,他都乐意替对方铲事。他干起架来不要命,他们说他像一部香港电影中的角色。久而久之,就连镇上那些老混子也让他三分。

老旧的键盘噼里啪啦地作响,他们在玩一款卡通赛车游戏。黄毛给他丢来一根软白沙,他放在桌上。网吧的空气太闷了,热,他不太想抽烟。

"快了。"黄毛扔开键盘,对刘洋说道,"今年也快了。"

"什么?"

"那个杀人狂,去年也是这时候杀的人。"黄毛说,"今年就是第五个了。"

一晃就是五年,刘洋用杀人狂的作案频率记录着自己来到福利院的时间。去年他杀的是个女人,他把女人的衣服弄脏了,身体却擦得干干净净。变态。

五年间,宁城流传着这个人的传说,有人说他是个外国人;有人说他是个小孩;有人甚至说他不是人,而是来自阴间的厉鬼。关于他的传闻太多了。

该死的人他没有杀,刘洋想。

头顶传来一阵刺痛,有人抓住他的头发,他诧异地回过头,对方是一个二十几岁,穿着一件热带雨林图案的花衬衫的年轻人。他恶狠狠地瞪着对方,但对方下手的力道越来越重,他感觉自己的头皮快要离开身体了。

"挺会玩啊,你们几个。"男人松开他的头发,他摔回椅子上。他攥紧拳头,正欲起身还击,肩膀却被按住了,他有些惊讶地看向身旁,黄毛的脸上挂着惊恐的表情。

"鸡哥……抽烟。"黄毛赔着笑,递上烟盒。鸡哥一巴掌扇开,烟盒落在地上。

"听说你最近很红啊。"鸡哥撑住刘洋身下的椅子，弯着腰，"镇上没人不知道你的名字。"

刘洋再次看向黄毛，对方用微妙的幅度轻轻摇头。那张满是痘坑的脸上写着——不要动手。刘洋松开拳头，沉默不语。

"以后这片归我管，你们几个。"鸡哥伸出手指，在他们头顶画了一圈，"每个月交三百块钱。这钱是我哥让收的，我们做生意，你们就当投资了，买卖做成了有分红。给个面子，大家以后见面都好说话。"

"三百块？"黄毛有些为难，"我们拿不出这么多啊。"

"我只管收钱，你们只管交钱。宁阳中学有多少人？三百人总有吧，一人收两块钱，你们还能留三百呢。"鸡哥的目光回到刘洋身上，拍拍他的脸，"有这个癫子，还怕收不上钱？"

说完，他就走向了几人前面的一排机器，对另一群人说起同样的话。鸡哥走远以后，刘洋对黄毛问道："这是什么人物？"黄毛站起来往前面看了一眼，压低声音说："他哥是大马哥。"

"大马哥又是谁？"

"城里的人物。大马哥的大哥你一定知道是谁了，就是那个少军。十几年前就在宁城摇旗子的少军。"

假如某个声名在外的大人物忽然站出来说："今天开始，宁城所有的混子都归我管。不服的就来比一比谁的拳头硬。"这种举动就叫摇旗，黑话。

听到少军这个名字，刘洋没再说话。他对这个名字比任何人都更熟悉，少军就是那个坐奥迪车的中年男人，在他头顶遮天蔽日的阴影。他惹不起，没错。

离开网吧的时候,灰暗的天际已被朝阳撕出一抹光亮。刘洋加快脚底的步伐,不出二十分钟,他便回到了福利院。护工们快要起床了,他必须赶紧溜回寝室,这样想着,他躲进墙根的阴影。

路过前院的时候,他习惯性地看了一眼院中的榕树。正是枝叶疯长的季节,树冠几乎伸出了院墙。他扫了一眼便回过头,继续往前走。

进门之前,他忽然感觉一阵心慌,像是被某种东西驱使着,他再次回头。

在那浓密的枝叶之中,悬着一对纤细的脚踝。他顺着脚踝往上一寸寸看去,胸腔阵阵发痒——他大口大口地咳嗽起来。

今天,所有的孩子们都被关在主楼里。刘洋听见那辆奥迪车的引擎声,他听得出它的声音。外面来了些人,但没有别的车来过。奥迪车待了大约三分钟,引擎声再次响起。

我早该想到的,她不想活;我认识她的那种表情,我曾经见过;每一年回来她都在向我求救,每一年我都在敷衍她;她的心是一点一点死去的,我原本可以带她离开——无边的杂念将他裹起来,像一只厚实的茧。他感到难以呼吸,渐渐睡着了。

爸爸妈妈,对不起。我没有保护你们的力量。

醒来的时候是深夜。他看向墙上的闹钟,上面显示着现在的时间。我睡了十六个小时,他想。我还有一件事要做,这是他的第二个想法。

他推开寝室门,没有吵醒其他孩子,一路溜到前院,那棵榕树上空荡荡的,那里就像从未出现过一个女孩一样。如果是梦就好了。

如果我是他们的话——他开始思考。

如果我是他们的话，我没有报警，我害怕警察，也就是说，我害怕这具尸体被人发现。那是白天，他们可能将尸体塞进了后备厢带走，但这种行为也有被发现的风险。

奥迪车来了，奥迪车走了，那个人只是看了一眼，或许吩咐了几句，中间不过三四分钟的时间。

如果他们没有带走尸体，那她就还在这个院子里。

会在哪里？

他走向后院。在那块垫脚石旁，他发现了一处与周围的土地颜色截然不同的地面，是崭新的，带着湿气的土。她在这里，他们将她埋在这里。就像对待一只死去的猫狗，随手将她埋在后院。

他回到前院，在杂物间里取了一把铁锹。

仰山地处宁城附近的郊县。

唐代会昌年间，高僧慧寂在仰山开辟道场，由当时的宰相裴休援建。短短十年间，仰山寺的佛法远流高丽和日本，成为天下少数的禅宗道场之一。唐宣宗亲赐"栖隐"牌匾，仰山寺更名栖隐禅寺。

仰山寺鼎盛之时，寺庙群面积多达万余平方米。宋代时大量僧民在此处定居，开山垦田，现在所说的"梯田"二字，就是发源于仰山。

如今的仰山寺风光不及当年万一，曾经偌大的建筑群只剩下一座主寺，但当吴仕岚站在山脚下仰望这座依山而建的寺庙时，仍不禁被它的壮阔所震慑。寺庙托体同山，脚下淌过一道溪流，对面的三面山上是数不尽的竹海，齐刷刷随风舞动，就像《卧虎藏龙》中的场景。

吴仕岚将车停在寺庙门口的停车场，停车场边有个贩卖水饮的小摊。他走进山门，门楼有十米高。"大"是宗教建筑的典型特征，寺庙在某种意义上代表着"天"，天无限高，人无限低，在这种强烈的对比下，人心中难免会产生崇敬之情。

过了山门楼是天王殿，殿内摆着四大天王和十八罗汉的立塑。吴仕岚绕过一位蒲团上拜倒的信徒，继续沿着阶梯往上走。前面是大雄宝殿，如果他没有记错的话，方丈的居所应该就在大雄宝殿后面，藏经楼旁。

在大雄宝殿下的平台上，他停住脚步。声音是从左手边的厢房中传来的，他朝厢房看过去，房中坐着几位信徒，一位僧徒模样的人正在给他们讲法："饿鬼道、修罗道、畜生道、地狱道、人道……在这五道上面，就是天道了。"

今天没有别的事，最近忙得晕头转向，心情也被这一团乱麻般的案情搞得烦闷不堪，听听高僧讲法说不定能有些开悟。

这样想着，他稍微走近了些。僧人继续讲道："虔心修上品十善，人可以投入天道，成为天人，断绝四重念，成就无上福报。人死后成不了规律，天人是人能够投生的最高境界，所以我们所说的天人，也可以理解为'神'。"

神神道道。吴仕岚摇摇头，正打算接着往上走，僧人的下一句话却再次吸引住他。

"天人的生活无上快乐,寿命几乎无穷无尽,以人间五十年为一个昼夜。但这并不意味着永生,天人也有寿终之时。而在天人寿命将尽时,将会出现种种异象,这就是我们所说的'天人五衰'。"

神……也会死?吴仕岚有些惊讶。

"第一衰,是衣服垢秽。天人原本穿着洁净的衣物,但当他们面临死亡的时候,衣服会生出脏垢。"僧人继续说,"第二衰,是头上华萎。天人平日里戴着美丽的华冠,华冠枯萎的时候,也是死亡的征兆。

"第三衰,是腋下流汗。天人的身体一尘不染,死前,腋下却会流出汗液。第四衰,则是身体臭秽……"

衣服垢秽,头上华萎,腋下流汗,身体臭秽……深山中的气温比外界低许多,吴仕岚的背上却不由自主地生出一层牛毛汗来。气压变得越来越沉重,他像是木雕般被按在原地,僧人的声音逐渐变得模糊。

第一起命案,女性死者,三十七岁。尸体被抛弃在化粪池中。

第二起命案,男性死者,四十五岁。凶手在他的腋下开了两道口子。腋下汗流,凶手用鲜血代替了汗液。

第三起命案,男性死者,四十九岁。漂亮的头发被烫成一团杂草。

第四起命案,女性死者,五十四岁。凶手弄脏了她的衣服。

……

"第五衰!"他冲进厢房,对着僧人大喊道,"第五衰是什么?"他的行为招来众人不悦的目光,僧人双手合十,重复道:

"不乐本座。"

"不乐本座?什么意思?"吴仕岚追问。

"天人的生活安逸快乐,但到了临终之时,却对自己本来的座位厌倦不已,心中升起嗔欲。"

"谢谢大师。"吴仕岚用左掌抵住右掌,虔诚鞠躬。

我明白了——走上阶梯的前一秒,他对自己说。

并不是没有规律,任何人的行为都有规律,他的规律藏得太深,以至于看起来像是一团乱麻。

虽然不知道他为什么要按照佛门典故作案,但天人五衰,就是他杀人的规律。吴仕岚忽然想到一个诡异的可能性:或许在他的潜意识中,他要杀的不是人,而是神。

斩杀天人。

前四位死者分别对应着天人五衰的前四衰,而最后一位死者的尸体被从坟墓中转移到鱼腹,则恰好印证了第五衰"不乐本座"的说法。这是最后一个,他的数字数到了尽头。不会再有了。

这个想法让吴仕岚心中升起焦躁的情绪——我竟然害怕他不再杀人!可是如果他从此罢手的话,警方只能从过去的案件中找到他的马脚,不会再有新的死者,也意味着不会再有新的线索。

他已经结束了他的计划,不会再出现了。吴仕岚尽可能地控制着脑海里乱七八糟的想法,拿出手机,拨打王建岚的电话。两声提示音之后,王建岚的声音响起:"我还刚想打电话给你呢,法医那边又有新的发现了。"

"说来听听。"

"解剖完王靖如——那个女孩的尸体以后,正好那条巨鲶也拖回来了。为了进一步调查尸体放入鱼腹的时间,法医顺便把鱼也解剖了。你猜怎么着?我们在鱼鳃中找到了一件东西。"

"别卖关子了。"吴仕岚擦了把汗。这阶梯也太高了。

"GPS追踪器。我查过品牌,就是很普通的那种,很多高档电动车和汽车上都在用。渠道上面没有线索。"

"有没有可能通过GPS发射的信号反向追踪收信人的位置?"我懂了,吴仕岚想。这一切都是有预谋的行为,从一开始,凶手就知道他在哪里,说不定就是凶手本人将他放进去的。

"试过,信号范围太大了,没有意义。对了,你打电话给我是要说什么?"

"也许有可能……你再去查一查五个死者的社会关系,我总觉得他们之间不可能没有任何交集。"吴仕岚挂断电话。

在大雄宝殿旁,吴仕岚向一位年轻僧侣出示证件。僧侣将他带往方丈室。方丈的居所前有三两根竹子和一座鱼池,四五条锦鲤在池中游动。

吴仕岚走进禅房,方丈坐在茶桌后翻看经书。得知访客的来意之后,方丈点点头:"上一次放生会是在半年前,当时确实有人放了一条巨鲶。那条鱼太大了,我印象很深。"

"对方是谁?"吴仕岚推开茶杯,"我不喝,谢谢。"他拧开手上的矿泉水,痛饮一口。

"是我们的老香客,他出手很大方。上次庙里修钟楼,他也捐了不少。"方丈说,"江少军。"

江少军?那个躺在急救中心里的江少军?没想到这案子百转

千回,竟然跑到了他身上。不过以他恶迹斑斑的履历来看,倒真有可能是他干的。

"这倒是巧了,我前两天才和他打过照面。没想到他还是个虔诚信徒。"吴仕岚笑笑,追问道,"那条巨鲶呢,也是从你们这里拿到的吗?"

方丈摇摇头:"我们庙里进的多是些草龟、鲤鱼之类,从没有进过这么大的鱼种。据江施主说,这条鱼是他从朋友手里买过来的,我劝过他,众生皆平等,放生一条巴掌大的鲤鱼和巨鲶相比,在善业上是没有区别的。但他不听。"

他当然不会听你的。对他们这种人来说,最好善业也能称斤买。这样想着,吴仕岚点点头道:"谢谢师父,我这一趟没有白跑。"

方丈还礼。

黄毛的父亲是在城里拉货的散工,常年蹲在建材市场等活,一趟五十、八十,包扛上门。当刘洋向他问起那辆三轮电动车时,他二话不说就把家里吃饭的家伙借给了对方。

"早上六点之前能回来吧?"蹲在网吧门口,黄毛眼巴巴地向刘洋问道。不用说,如果他爸早上起来看见电动车没了,他逃不掉一顿毒打。

刘洋点头,发动电动车。昨天晚上他把坑填好时,天色已经亮了一半,情急之下,他只好将尸体藏在鱼塘边的腐叶堆中。他从三轮车上取下雨毡,将尸体仔细裹好,重新上路。雨毡盖住海棠脑袋的前一刻,他替她抚下眼皮。

下辈子做鱼，你会有双好眼睛的。

福利院离宁阳湖的距离不远，但他特意挑着无人经过的荒路走，所以多花了时间。听见涛声的时候，已经是下半夜了。

他将电动车扔在芦苇丛中，扛起尸体，顺着湖岸往下走。月亮孤零零在头顶悬着，地面是半干的淤泥，脚下一步深一步浅，遥遥看见远处的湖面，他的心中涌起恐惧。

已经五年了。虽然生活在宁阳县，但他已经五年没有见过宁阳湖了。是的，他在躲避这座湖。

走了大约二十分钟，他找到一处理想的位置。这里的浪是离岸浪，将尸体放入水中，不消一会儿工夫，她就会被卷入深水区。岸边有些大小不一的石头，地面没有淤泥，只有一地的碎石。他将尸体从肩上卸下，顿感身体一轻。

"那是个人吧？"声音是从右边传来的。

刘洋的心跳停滞了一秒，脸颊阵阵发冷，全身的血液似乎都凝固了。他只顾寻找一处满意的地点，却忘记观察周遭的情况。谁又能想到呢，下半夜的宁阳湖畔，有人。

他不露神色地将背对人声方向的左手伸入裤兜，里面有一把短匕首。短匕首也是他惯用的干架工具，将大拇指按在刀刃四分之三的位置，留出一点刀刃。捅人的时候不至于杀死对方，却能起到绝佳的威慑效果。

他缓缓转过头，那人蹲在一块岩石上，手中握着根竿子。似乎是鱼竿。他还没来得及想好措辞，那人竟站起身，朝他的方向走来："那是个人，对吧？"他指着地上的毡布包说。

"不是。"刘洋攥紧刀把，扭过头去，无力地回答。

"是你杀的吗?"那人长着一张圆脸,鼻头也是圆的。如果不是在这时候看见他,任谁都会觉得他是个好相处的角色。"如果要丢在湖里的话,你应该划船。划船到湖面上,水最深的位置,在尸体身上绑一块石头,再把它扔进去。"

他在教我弃尸?怪人。刘洋观察着对方,他看起来很轻松,没有报警的意思。"我是来把她喂给鱼吃的。是别人杀的,不是我。"刘洋脱口而出。

"我相信,你看起来不像是杀过人的人。"男人皱眉,"为什么要喂给鱼吃?"

由于从小的经历,刘洋对危险有种敏锐的直觉,男人的语气中并没有给他危险的感觉。他在和我聊天吗?刘洋脱口而出:"是那些人杀死了她。她说过,死后要把她的尸体喂给鱼吃。只有这样,她下辈子才能托生成一条大鱼。"

不知不觉间,他的左手离开裤兜。男人有些诧异地笑着,招呼他在岩石上坐下来。"鱼不吃骨头,你忍心让她变成一具湖中的白骨吗?或许我有更好的办法。"

"你是谁?"

"假如全宁城的人都看见了你今天的行为,那我就是唯一一个不会报警的人。"说着,男人扫扫岩石上的灰尘,"坐。说说吧,怎么回事?"

刘洋看向那双圆溜溜的眼睛。我可以相信大人吗?他这样想着。但他也没有别的路可以走了,不如说,在这片夜色笼罩下的湖畔,他有太多值得想起的事情。

从父亲买马开始,他一直讲到搬家以后的事情。他发现,每次提到少军的名字时,男人脸上的笑意就会消减一分。"家里能变卖的东西全卖了,爸爸还在赌。"他说。

搬家之后,父亲并没有戒掉赌博的嗜好。那些人偶尔会来家里,把家里的东西乱砸乱摔,如果父母反抗,他们就连着父母一起打。亲戚,朋友,所有人的钱都借光了。母亲说,没有人会再愿意给他们借一分钱。

这样的日子过了不久,忽然有一天,母亲破天荒地带他去了超市。他吃到了肯德基,买了一身新衣服,他问母亲为什么这样做,母亲只是摸着他的头。

第二天晚上,母亲将他从睡梦中叫醒,父亲也起来了。"我们要逃跑吗?"他问父亲。如果是逃跑的话,他期待了很久。父亲没有回答。

他们没有带行李。从家里出来,父亲骑着电动车载着他们俩,骑了好一阵子,他发现身后的母亲在颤抖。他攥紧母亲的手。

骑了半个小时左右,他看见一条灰黑色的线,那是宁阳湖的水坝,他从小就经常来这里游泳。父亲将电动车扔在马路边,走下公路,母亲牵住他的手,朝父亲走去。在父亲所站的位置旁,水面上漂着一艘小木船。

踏上木船,父亲划桨。冰凉的风刮在脸上,他开始害怕。他问母亲:"我们去哪里啊。"母亲没有回答。船划了很久,快到湖中心的时候,他已经看不见远处的水坝了。

"只要我们一家人在一起,就没有什么过不去的坎。对吗?"母亲微笑着对他说。他已经很久很久没有见过母亲的微笑了。"对不起,洋洋。我们已经无路可走了,他们也不会放过你的。

如果有下辈子的话，我们还做一家人，好吗？"

说着，母亲推动他的肩膀。母亲的力气出奇地大，他的下半身坠入水中，双手抓住船沿，他大口地喘息着，残疾的那条腿阵阵抽痛，他注视着母亲大叫："妈妈，不要！"母亲别过头，肩膀抖动着。

父亲从船头走过来，一根根掰开他的手指。刘洋尝试从他的表情里找到一些什么，但那张脸上什么都没有。

他只是在送自己的亲生儿子去死而已。

无边无际的水，无边无际的黑。他拼命地划动着手臂，却感觉有什么东西在水下拉扯着自己，他一点一点往下坠落。

他的肺快要爆炸了，如果就这样睡下去，就不用再看到别人殴打父亲的画面了吧，或许这样也不错。

紧接着是两声沉闷的落水声，有什么东西一起落下来了。

在失去意识的前一秒，几乎快要放弃抵抗的四肢却自己动了起来。力量从浑身的每个地方喷涌而出。我不想死。他想，我还没有来得及长大。

他浮出水面，木船在不远处静静地漂浮着，上面什么都没有。他踩着水，哇的一声大哭出来。哭声传了好远，惊起远处一群白鹭。没有人听到。

那起事故后不久，福利院的工作人员找到刘洋。他被收养了，没有亲戚愿意收留他。

"我把她挖出来之后，就来了这里。"刘洋对男人说。男人托着下巴，似乎在思考着什么。他说："我帮你让她托生为鱼，你走吧。"

刘洋怀疑地看着他,男人指向身后的湖面,一艘小船停在那里。他说:"你还需要在她的身上绑一块石头,不然,她第二天就会出现在公安局的陈尸柜里。这些你都没有学过,也不是你这个年纪该学的事情。"

"你为什么要帮我?"

"不用多想,如果我对你有恶意,早就报警了。别再想你兜里的那把刀了,没用。刀子对付不了大人。"

"我不能相信你。"

"我只是看不惯小孩被欺负而已。"说着,男人拖曳起地上的尸体。刘洋抬起手,又很快放下,男人的声音里有种令人信服的力量。那是他渴求却从未得到的力量。

他注视着男人将尸体拖上小船,在湖面上变成黑色的小点,然后融入黑暗。在这个瞬间,他做出决定。

离开湖畔之后,他骑上三轮车,一路驶回网吧。在常坐的机器边,他找到了黄毛,将钥匙扔在桌面上,替黄毛按下关机键。"别玩了,我有事跟你说。"

黄毛不满地嘟囔着,招呼坐在一旁的几个伙计,来到网吧背面的小巷中,刘洋对他说:"三百块一个月,我是搞不下去了。"

的确。按照鸡哥的说法,在宁阳中学随便收点保护费,就能填补这项开支,但刘洋坚持只向一部分人收保护费——他从不,也不允许身边的人打扰那些用功读书的学生,这些保护费只能从混子手里收。宁阳中学的混子,那点零花钱光自己滑冰上网都不够,手里能有几个余钱?

"可是我们惹不起鸡哥啊。"黄毛将烟头扔在地上,重重踩着。

"干他!"刘洋说,"我决定了。"

"你不怕他哥?"

"他哥来了,连着他一起干!我们手底下也有四五十个人,干吗要怕他?"

"可是……他们是少军的人。"

"我就是要吸引少军的注意。他手底下需要用人,我们比鸡哥能打,也比他们年轻。等少军找上门来,我跟他说,我们直接跟他混!"

"明白了。"黄毛竖起大拇指,"我在香港电影里也看过这种情节。只要够狠,干翻上一级,你就能升级!"

刘洋转头看向另一个少年。"小伟。我记得你爷爷家里有把铳,给我弄过来,钢珠子也带上。我来用。"

"干他!"小伟说。

*

"十七楼,八十八号加护单人病房。"前台护士放下病例表,对吴仕岚说道。吴仕岚欠欠身,朝电梯间走去。

数百粒铁沙打在脸上,没有一颗伤害到大脑和眼睛,一天时间就转回了住院部,这江少军也算是命大。菩萨保佑。

吴仕岚在寺庙门口的碑文上找到了江少军的名字,他对仰山寺的贡献不只是参加放生会这么简单。仰山寺在二〇〇三年的一场火灾中曾被烧毁,在支援寺庙重建的善人名单中,他的捐款额名列前茅。

佛门讲的是来世报，他如此执着于花钱积攒善业，是否也存了来生托生天人道的心思？如果这样的人也能成为天人的话，吴仕岚想，菩萨无眼。

吴仕岚抓过一个号称村霸的角色，他和身为村长的兄长一起，垄断了宁江在他们村那一段的河沙生意。全村穷得连一座像样的平房都没有，兄弟俩奢华的别墅看起来分外突兀。这些自称"道上混"的人，无非就是用些龌龊的伎俩，从老百姓的碗里抢一口吃食。只有最懦弱的人，才会向比自己弱小的人挥刀。

电梯在十七楼停下，吴仕岚来到病房门口。病房门口蹲着两个人，其中一个人穿着紧身背心，隆起的肱二头肌上有一个蝴蝶刺青。看见吴仕岚走过来，二人站起。吴仕岚笑了，他摸摸对方的肌肉："这是演什么电影啊，龙在江湖？"

文身男抬臂，似乎打算拍开吴仕岚的手。吴仕岚拧住他的手腕，顺着劲头将他的右臂叠在背上。"咔嚓"一声，他结实的胳膊脱臼了。文身男闷哼一声，另一个人眼看同伴受伤，一拳挥向吴仕岚的脸颊。

不等拳头落在脸上，吴仕岚抬腿，一脚踢在对方的小腿胫骨上。那人吃痛，拳头从半空中垂落，抱住被踹的那条腿，连声叫唤起来。

前一招是警校学的擒拿术，后一招是流氓打架的阴招。

"我可以指控你们妨碍公务以及袭警，但让你们这种人在看守所吃半个月牢饭，对不起国家。况且，我现在没有时间。"吴仕岚亮出证件，走进病房。

扫视一圈，液晶彩电、冰箱、沙发、茶几、微波炉、陪客椅、独立卫生间、洗浴装置……这里应有尽有。"太奢侈了，让我有些嫉妒。"吴仕岚在床沿坐下来。

江少军侧躺在床上，攥着手机，绷带一圈圈包裹住他的头部，只露出两只眼睛。他似乎听见了病房外的骚动，正打算给谁打电话。吴仕岚从他手里摘下手机说："要报警吗？我来啦。"

"什么事？"江少军的声音有些虚弱，喉咙里似乎卡着一泡痰。这一枪把他伤得不轻。

"真没看出来啊。鱼肉乡里，横行霸道之余，你还搞点业余爱好。"吴仕岚拍拍他的脸，江少军疼得弓起身子。"我该怎么称呼你呢？佛门大信徒、连环杀人魔少军哥？"

"你在说什么？"江少军支起身子。

他不像在说谎。奇怪。

"你的消息渠道多得很，我猜你也知道前两天宁阳湖的那事吧？"吴仕岚说，"鱼是你放的，凶手明摆着就是前几年杀人的那个疯子，我不来找你，还能找谁？"

"鱼确实是我放的，但是你说的那件事不是我干的。"江少军摇摇头，从绷带里露出的两只小眼睛滴溜溜转着，似乎在思考着什么。"真的不是。"

"没事，你现在基本可以被判定为第一嫌疑人了。虽然只有一个人，但我也带了手铐。"

少军眼中闪过一道亮光。"我知道那件事。我放鱼的时候，鱼腹上没有那道缝合线。当天在场的还有很多人，他们都可以替我做证。"

"这不够。"吴仕岚摇头道,"很抱歉,公安局的医疗条件有点简陋。你的伤口如果发炎了,会很痛吧?"

"我没有作案的动机,没理由。"江少军朝窗外看了一眼,似乎做出了决定,"让他们掩埋尸体的人是我。"

"什么?"

"院长找过我,就算我不说,你们迟早也会查到的。那家福利院是我名下的产业,所有的经费都是我提供的。那个女孩自杀的当天,是我指示他们埋尸的。我没有理由将她从坟墓中挖掘出来,塞到鱼肚子里去。你知道,鱼肚可没有后院保险。"江少军咳了两下,"不管你信不信,事情就是这样的。"

"有人想搞我。"江少军补充道。

福利院是江少军名下的产业?这倒有意思了。女孩的确是自杀的,如他所说,他的目的只是掩盖女孩自杀的事实,他没有理由做后面的事,除非他嫌自己过得太舒坦。

"那鱼呢?"吴仕岚来不及细想,"鱼是从哪儿来的。"

"是卖家自己找到我头上的。他说他在宁阳湖里钓了个大东西,问我有没有兴趣。当时正好临近放生会,我就动心了。"

"他长什么样子?你认识他吗?他是开车来送货的吗?"

"圆脸,中等个子……戴着鸭舌帽,之前我从没见过他,记不清了。"江少军推开吴仕岚拧住他衣领的手,"没开车,是我自己派车去提的,他就在江畔交的货。现金交易,别的我就不知道了。"

"放生的地点在哪里?"

"宁阳湖水坝。"水坝在宁阳湖东岸,野岛在宁阳湖西侧。两个地点的距离超过三十千米。

吴仕岚的右手放在膝盖上,中指轻轻地叩击着半月板。动脑子,他对自己说。

江少军放生巨鲶的时候,鱼腹上并没有那道缝痕。这就意味着,凶手是在巨鲶被放生后,用某种方法重新将它从宁阳湖中钓起,然后将女孩的尸体缝入鱼腹的。

法医在鱼身上发现了GPS,这是凶手重新找到湖中巨鲶的方法。没错,凶手极有可能就是将巨鲶卖给江少军的那个男人。而凶手之所以大费周折,是因为宁阳湖中没有其他能在鱼腹中容纳下女孩身躯的大鱼。只有这条湄公河巨鲶,也必须是它。

但他为什么要假借江少军之手?

是我太笨了。一切问题的答案在最初就已经和那条大鱼一起浮出水面,而我却被这扑朔迷离的案情混淆了视听,没有看见它。

走出病房,吴仕岚拨打王建岚的电话:"第一件事,派鉴定科的人来江少军的病房,速写那个男人的肖像。"

"哪个男人?"王建岚迷惑地说。

"将湄公河巨鲶卖给他的男人。"吴仕岚说,"第二件事,召集当日在场的所有钓手,分开询问。问他们,是从哪儿知道这个钓点有大鱼窝的。找到消息提供者,和江少军提供的肖像速写进行对比。"

"明白了。"王建岚的声音有些激动,"真有你的啊,名侦探。"

"上宁城！"公交车上挤满了人，几乎全都是刘洋从宁阳县带来的兄弟。黄毛攥住头顶的抓手，激动地大叫着："上宁城！"

和刘洋预料的一样，鸡哥的人马就像纸糊的关公，看起来威风赫赫，其实一冲即溃。在他拔出开山刀的那一刻，穿得像模像样的大人们四散而逃。

或许他们早已习惯了用几句话解决问题。年功序列，长幼尊卑，他们习惯于这些规矩带来的安定感，却忘了他们当初也是靠暴力走到今天这一步的。他们活得太舒坦了。

"把他们全部干翻，今后宁阳的事，我们说了算！"黄毛的话又掀起一阵喝彩声，年轻人激动不已，仿佛已经看见了未来的坦途。

刘洋和大马哥约定的谈判地点在宁城西湿地公园旁的水电站，时间是晚上十一点。没到十点的时候，他们就来到了现场。这里只有周末有人来，工作日的晚上，连路灯也关了，马路上黑漆漆一片。

没有人会报警，第二天路过的人只会看见街道上洒落的血迹。

十一点过几分的时候，马路尽头闪起了车灯，刘洋挥挥手，二十几个伙计打开行李包，掏出钢管。他们熟练地将两根长约五十厘米的钢管和刀头组装在一起，这种武器形似关刀。因为太沉了，使用的时候需要将刀刃拖在地上跑，他们管它叫拖刀。

为首的两辆面包车上陆续下来十几个人，大马哥从前头的帕萨特上走下来。他脖子上挂着一根硕大的金链，每根金珠上都雕着一个佛头。他走到刘洋面前，斜视着这个少年："就是你？"

后面传来一阵哄笑声，大马哥抬手在空中按了按。"谈谈吧，把我兄弟弄成那样,这事你想怎么解决?"

刘洋没有说话,他侧过脑袋。身后的黑暗中传来一阵尖锐的声音,听起来就像硬币在卷帘门上滑过。黄毛带着人率先冲出来,抡起拖刀叫道:"老东西!谈谈谈,谈你妈!"

第二天下午。

其他人都解散了,刘洋只留下四五个兄弟。走到这一步,他们不需要再动手了。少军说要亲自见他们一面,在美食街。

对面的油条店里挤满了人,黄毛瞥了一眼。"我就不明白这些城里人,一根油条有什么好吃的?"他的声音微微颤抖着,从来到这里开始他手里的烟就没断过。

和黄毛一样,所有人都在害怕。这是必然的。他们即将要见到的那个男人,身上流传着太多的传说。他是每一个混子的偶像,是夜宵摊上永恒的谈资。

在黄毛所述的版本中,少军甚至动用过手榴弹和AK47。放在任何一个人身上,这种传闻都能变成笑料,但少军不同,他的威名在宁城传播了太久,他在那个世界的金字塔顶也站了太久。

看见奥迪车从远处驶来,刘洋提起行李包。"别顶撞他。"黄毛拍拍他的肩膀,"好好谈,就说我们想跟他。"

他竟然不认识我。他毁了我的家庭,毁了我的过去、现在,还有未来,但他竟然不认识我这张脸。我对他来说,就像车轮碾过的一粒灰尘。看见少军走到自己面前,刘洋头一回没感到害怕。

我蓄力已久,只为了这一秒的燃烧。

啪的一声,巴掌甩在脸上,有些疼。刘洋低头,拉开行李包的拉链。他拿出土铳,走到少军面前,将枪口抵在对方脸上。那一个瞬间,少军脸上的慌乱一闪而过。

原来你也会害怕的吗?

刘洋抠下扳机。

两周后,宁城公安局。

四位钓手的口供都出来了。所有人的口供一致,将鱼窝地点告诉他们的,就是他们中的那一个人。"我曾经和他说过话。"吴仕岚对王建岚说,"他就蹲在鱼尸旁,给我介绍湄公河巨鲶的渊源。"

为他坐实罪名的,还有江少军提供的肖像画。他就是卖鱼的男人。

吴仕岚抽完一支烟才走进审讯室。五年前他还没有成为刑警,五年间无数同人为了坐在里面的这个人,又抽过多少根烟啊!他吸了口气,推开门。

他是个普通的男人。圆脸,没有攻击性的五官。普通的职业,机械厂的中层管理干部。普通的爱好,钓鱼。钓线,曾被吴仕岚否认的可能性,这么粗的钓线是存在的,只是他没有见过。

普通的名字,郭正开。

"你很聪明,找到了我。"郭正开抬起头,普通的一张脸上什么都没有,没有恐惧,没有狂喜,也没有失落。"但在另一方面,你又很蠢。"

"天人五衰,很酷的点子,为什么?"吴仕岚没有回应他的后半句话,而是想让他知道谁才是这里的主导者。

"你不觉得很有意思吗？得知这个说法的那一刻，我惊呆了。我知道神会流泪，但神也会受伤、会死吗？我想试一试。"

"你杀的不是天人，只是些可怜的普通人。"

"谁知道呢。"郭正开歪歪头说。

"为什么要挖出那个女孩的尸体，为什么没有伤害她的尸体？"没来由的，吴仕岚想给他一支烟抽，于是递过去，郭正开摇头。"我不抽烟，谢谢。"

"外面有很多媒体吧。"郭正开转头看着墙壁，"我现在一定火了，他们都想知道我的故事。"

吴仕岚没有否认："但我不一定会告诉他们。"

"你也觉得那个女孩很可怜吧？说到她的时候，你的声音变低了。"郭正开说。

吴仕岚依然没有否认。

那一天，郭正开讲了一个很长的故事。他从男孩的父亲买马开始，讲到他进入福利院，和女孩相识，直到最后的终结。吴仕岚想，他是个挺会讲故事的人。

新风系统徒劳地运转着，吴仕岚抽完了一整包烟，烟头在烟灰缸中堆积成山。郭正开说："我说你很蠢，是因为你只发现了我，却没有发现他们在福利院里做的事。"

那个孩子，当街开枪的男孩。等他从少年管教所出来，会成为怎样的人呢？吴仕岚不知道答案。

"我会告诉外面那些人的。"吴仕岚说，"而且我可以保证，以江少军为首的这些人，一个都跑不掉。但是你呢？你的故事呢？"

"我吗?"郭正开笑笑,"一个普通的变态杀人狂而已。"

*

油条店的壁挂电视上放的是午间新闻,美貌的女主播正在字正腔圆地播报着连环杀人案的最新进展:

"暨一审判决死刑立即执行后,宁城连环杀人案的嫌疑人郭某并没有提出上诉申请。据本台了解,近日,郭某已被执行注射死刑。"

新闻在继续,吴仕岚夹起盘中的油条,咬了一口,外焦里嫩。他将油条浸入豆浆。"我们查到了。十五年前,郭正开的父亲死于一场强拆事故。当时,他只有十五岁。"

"嗯。"陈嘉裕回应道。

"最后一个死者确实和前四个人没有关联。但之所以查不到前四个人之间的关系,是因为他们只在十五年前短暂地共事过。"吴仕岚说,"郭父死去的那一天,他们都是拆迁现场的工作人员。"

"第五个呢?他原本想要杀的第五个人是谁?"陈嘉裕拿起桌上的遥控器,关闭电视。

"我猜是江少军。十五年前的拆迁工程,江少军是承包商,那一天也在场。只有他们五个人。"

"他没有杀死江少军。"

"在第五年,他遇见了刘洋。我猜,是刘洋的故事给了他启发。"吴仕岚夹起被泡得松软的油条,和刚才相比又是另一种风味。"不仅是为了完成少女的愿望。他所做的一切都是为了让我们找到江少军,他把江少军交给了我们。"

在他的理解中,那五个人是杀死他父亲的罪人。他杀死了前四个,却将最后一个交给了警方。

或许,他也像刘洋一样,活在十几岁的阴影中,不愿意相信任何大人,吴仕岚想。所以当他们遇见问题的时候,都不约而同地没有选择报警。

对郭正开来说,直到遇见刘洋的那一刻,他才意识到自己也是个大人。大人对小孩是有责任的。

"这是他第一次也是最后一次选择信任别人。"陈嘉裕说。

"嗯。"吴仕岚转头看向门外,樟树下空荡荡的。"我们不能让他们失望。"

夜幕 ————

他记得这把菜刀,母亲从他小时候开始用它。生铁质地,黝黑的刀背往下,刃口泛着雪白色的寒光。这把刀用久了,切出来的食物带着铁锈气,母亲说那是好的,补铁。

菜刀是不适合用来分尸的,妈妈。

他有些不舍地放下手中的菜刀,锋利的刃口上端微微卷曲,那里有一处被骨骼豁出的缺口。这把刀对付不了她,她的身体太结实了,她用骨头阻挡刀势,用软组织裹住刀刃。如果要肢解尸体,他需要一把重些的斩骨刀,和挑开筋骨的三德刀,最好是陶瓷的。

可惜这里没有。

母亲躺在那只柜子旁的地板上,柜子里装着她最珍爱的东西——他从小到大获得的奖状。他仔细地擦拭上面沾染的血液,擦拭茶几,擦拭地板,擦拭门把手。

打开旅行包,白色的圆筒是保鲜膜,黑色的袋子里装着活性炭。他来到卧室,在床上铺上保鲜膜,将母亲抱起,轻轻放在上边,撒上活性炭,裹紧。一层。

再扯下一段保鲜膜,母亲像水桶在床单上滚动。两层。

"再见,妈妈。"他系上窗帘的绳扣,离开房间。

每当夜幕降临的时候,这座城市中的许多区域结束了一天的劳碌,逐渐陷入沉睡。一些白天紧闭着门扉的地方,这时才真正苏醒过来。

在前厅将手提包寄存在酒吧的柜台，梳着分头的男孩谄媚地接过杨雯挎在手中的白色皮草。滑稽的紧身西服将他的双腿勒成O字形状，吝啬的淘宝卖家没有在面料间给皮肤留下一毫米喘息的空间。

时间还早，酒吧刚进入暖场阶段，在前厅能听到大厅中传来的抒情电音。前面的伙伴们招呼着杨雯赶紧跟上，杨雯快步走进挂满气球的环状金色拱门，高跟鞋的跟子像把刀插进柔软的地毯。

几个光鲜靓丽的女孩绕过大厅中央的T台，朝着对面台阶上的卡座走去。酒吧的散台中稀稀拉拉坐着些早来的客人，男人们贪婪的目光纷纷投向杨雯和她的姐妹们，恨不得用眼神剐去她们的衣物。

忽然，臀部传来异样的感觉，杨雯回过头，始作俑者的大手还停留在半空中，一张有些熟悉的脸庞正在对着自己坏笑。杨雯想不起什么时候见过他，干她这一行的人不需要太好的记忆力。她投以嗔怒的眼神，射灯打过来，在她薄如蝉翼的短裙上打出珠光宝气。她更加用力地扭动起腰肢，向前走去。

烟视媚行。

坐在杨雯旁边的女孩叫Cindy，湖南人。杨雯不知道她的真名，她也一样。杨雯在她口中的名字叫Sally，更多时候她连Sally都不是，一个数字就能描述她的身份，她叫三个八——888号技师。

而在这里，她是和姐妹们一起挥金如土的Sally姐。

也许是因为寂寞,也许是为了缓解工作的压力,在酒吧的男模身上消费最多的人群,恰恰是她和她的同事们。有个成语叫作"鸡同鸭讲",仔细想想,用在这里恰好合适,相似的人才能够真正理解对方的心情。

大厅里传来一阵骚动,几个圣诞火鸡似的男孩手中举着噼里啪啦的烟火穿过舞台,为首的人推着五颜六色的酒柜。DJ 的声音响起:"777 卡座的 Cindy 姐,黑桃 A 一组!"

Cindy 耸了耸肩,闭上眼睛享受着短暂的荣耀。耳朵上挂着蓝牙耳机的男人给她们一一敬酒,Cindy 豪饮两杯,拍拍手。经理立刻领会她的意思,拎起衣领上的对讲器,低声说了几句。

不一会儿,一排男模来到女孩们的面前。Cindy 示意让杨雯先选,杨雯摆摆手,Cindy 也不客气,几位女孩立刻选好了自己的男模,她们大多有自己的老相好,挑起来也不费工夫。原本有些空荡的卡座立刻变得拥挤起来,空气中也多了几分暧昧的气息。

轮到杨雯了。

杨雯从左往右看了一圈,目光停留在一个穿着高领毛衫的男孩身上,他长得有点像世纪初那些台湾偶像剧中的男主角。经理探询似的看向她,她摆摆手,接着往下看去。男孩们扭捏地挤压着身上那点荷尔蒙,双手插兜的样子有些好笑。

忽然,她看到了一个陌生的面孔。他穿着简单的牛仔外套,一张稚气未脱的脸,充其量算得上清秀,和帅气挨不上边。吸引她的是他的神态,他紧咬着嘴唇,死死盯住脚下的地板,似乎对他来说,光是站在这里就已经是件困难的事情。

"新来的?"

"是的,小伙子才上几天班,还不太懂规矩。要不姐,您看看别人?我怕他伺候不好,把姐给得罪了。"说着,他拿起桌上的矿泉水,打开瓶盖,为杨雯斟满。杨雯从来不喝酒,一来二往,这里的老员工都知道。

"就他了,我喜欢嫩的。"杨雯舔舔嘴唇,端起酒杯,拍拍身边的沙发。

男孩在杨雯身边坐下,有些生疏地替她斟水。Cindy 的声音在她耳边响起:"哟,这是要尝尝小公鸡啊。"她坐在男模的身上,两条雪白的大腿在空中乱晃。

杨雯笑笑,忽然发出一声惊呼,男孩手中的酒杯斟满了,可矿泉水瓶依旧倾斜着,冰冷的矿泉水淋在她的大腿上,将裙子打了个透湿。经理的眼光看向这边,男孩手忙脚乱地抓过纸巾,一张脸涨得通红。杨雯忙看向经理说:"没事,新人嘛。你去忙你的吧。"

"好嘞。"经理瞪了男孩一眼,转身走开。

杨雯一把接过男孩手中的纸巾,贴在裙子上,吸附水分。她对男孩和颜悦色地说:"叫什么名字?"

"阿雄。"男孩说。杨雯感觉到一旁的姐妹正在看着自己,她攥住阿雄的手,放在自己的大腿上,轻轻抚摸着他的手臂。"嗯,以后叫我 Sally 姐就好。"

男孩的身体轻微地颤抖了一下,低着头说:"好。"杨雯将嘴唇附在他的耳边,二人聊起天来。这时酒吧的音乐也躁动起来,电子鼓点像是一记记重锤砸在人们的心头,她忽然感觉有些胸闷,呼吸变得急促,血液阵阵倒涌上脸颊。

阿雄也发现了她的状况，收回放在她膝上的手，有些担心地看着她。她摆摆手。从连衣裙的内兜中掏出一个药盒，倒了两粒药在手心，和着水吃了。过了一会儿，胸闷的感觉缓缓退去。

离开的时候，杨雯给了阿雄一千块小费。

宁城，秀水小区。

一家由车库改造的小卖部里，摆着三张麻将桌。包括看客在内，不到十五平方米的空间里，黑压压挤着二十几号人。汗臭和烟味混在一起，变成一种难以描述的气味。

"不打了，不打了。"看着眼前的一手烂牌，兰德志皱起眉头。他似乎想到了什么，推倒面前的麻将牌，拿起手机看了看时间。"我还有事，先撤了。"几位牌友面面相觑，谁也不想放这个财神爷离开，可是今天他们已经赚得够多了，也不好继续留他。

"去接阿雄。"等了一会儿，眼看没有人问起，他回头补充道。提到这个名字的时候，他的语气里添了些骄傲，就像在炫耀什么了不得的东西。

阿雄是他看着长大的外甥。

十五年前，阿雄的父亲因肺癌去世，母亲独自带着儿子生活，日常生活总有些难处，兰德志也尽可能地帮衬。有时她工作忙不开，就将阿雄扔在弟弟兰德志家里寄养，兰德志从未有过意见。

兰德志是个鳏夫，第一段婚姻草草结束之后，他便再也没有娶妻，自然也没有子嗣。对他来说，阿雄就像是一份礼物，填补了他心中长久以来的空缺，怀着这样的心绪，他照顾了母子俩十五年。

外甥没有辜负他的厚望,四年前以全市第二的成绩考上了那所赫赫有名的大学,一年前又获得了前往美国深造的机会。为了照顾儿子,姐姐陪着一同前往国外念书。母子俩离家已有半年,美国的学期刚刚结束,今天是他们回家的日子。

在门口的水池洗了把手,兰德志打开小卖部外的玻璃柜,趁着老板娘正在看牌,从里面掏了一包"利群"。他吹着口哨,掏出钥匙,跳上扔在门口的皮卡车。钥匙一拧,皮卡喘起粗气,徐徐驶出小区。

外甥的短信中提到,飞机落地的时间是下午一点半,现在距离落地的时间已经过去了二十分钟,母子俩想必早已走出机场。他催下脚底的油门,一路驶上环城高速。

宁城是个小城市,机场也不大,一眼就能览尽全貌。兰德志给保安打了颗烟,把车直接停在接机口对面的马路上。接机口零星走出几位看起来像是游客的人,他等了好一会儿,却没有看见姐姐母子俩的身影。

他拿出手机,拨打起外甥的电话,对面传来冰冷的女声:"您拨打的电话已关机。"他接着打姐姐的电话,得到了同样的答复。

也许是飞机延误了?他又等了一阵,给母子俩分别发了好几条微信,却始终没有得到答复。转眼间,一个小时过去了。

他走进机场,向工作人员询问起那架航班,得知它在一个半小时以前就已经降落。他疑惑地走出机场,开着皮卡回了家。或许母子俩在美国碰上了什么事,所以改变了原本的计划吧,他这样想着。

之后的两周,兰德志始终无法和二人取得联系。他感觉事情有些不对劲,便联系了警方。以上是他的陈述。

当警方发现这很可能是一起刑事案件之后,案子被交到了刑警大队的吴仕岚手上。

令警方怀疑的理由来自两人的档案。民警为了调查两人的行踪,调出了母子俩的档案,发现了一件匪夷所思的事情:档案中,根本没有所谓出境记录。也就是说,兰德志所说的"母子二人共赴美国留学",是不存在的事。

与此同时,通过人脸识别技术搜索,他们在监控记录中找到了黄雄的踪迹。按照兰德志的说法,他们前往美国的时间是半年前,但就在三个月前,黄雄曾在B市的某个ATM机上取过钱。B市是他就读的大学所在的城市。

他取了三万块钱,用的是母亲兰秀云的银行卡,这是余额的全部。那是他最后一次出现在监控记录中,他戴着一顶鸭舌帽,离开银行的时候,还朝探头的方向瞟了一眼。

那之后,他再也没有出现在任何监控画面中。摄像头无孔不入的现代社会,一个人不可能彻底消失,除非他很聪明,并且在有意识地躲避着它们。

吴仕岚想,什么人才会躲避摄像头呢?他嗅到了犯罪的气息,不仅是因为这一点,更因为另一件事——在所有的监控记录中,他都没有找到兰秀云的踪迹。只有这个女人,她就像是真的离开了这个国家,消失得无影无踪。

黄雄考上大学之后,兰秀云辞去了工作,前往B市,一心陪伴儿子读书。母子俩只有在假期才会回到宁城，他们居住在兰秀云单位的宿舍中，她原本是医院的护士。

母子俩出国留学了，那似乎是根植在所有人潜意识中的事情。没有人认为他们的消失有什么不对，这半年中，没有人见过兰秀云。

吴仕岚点点头，锁匠掏出工具，在钥匙孔中熟练地捣鼓起来。不久，咔嗒一声，防盗门应声而开。锁匠有些好奇地朝里面看了几眼，吴仕岚拍了拍他的肩膀，他依依不舍地离开楼道。

朝身后的同事颔首示意，新来的女警看他的眼神中带着些许憧憬。吴仕岚戴上手套和鞋套，率先走入房中。扑面而来的是一股木质家具和灰尘的气息，这是久无人居的房子特有的气息，但在这种气味中似乎混杂着别的什么，吴仕岚说不上来，也许只是他的错觉。

房子是两居室，客厅中放着两张破破烂烂的皮沙发，吴仕岚抬头看，整面墙都挂满了奖状。从运动会到三好学生代表，每一张奖状上都写着黄雄的名字。沙发旁边还放着一张玻璃柜，里面摆着一些竞赛的奖杯。他伸手摸了摸玻璃柜面，上面蒙满灰尘，这里也很久没被擦拭过了。

两个房间的木门都紧闭着，他选择打开左边的那一间，主卧一般都在左边。

木门缓缓拉开，合页吱嘎作响，预料中的光线没有漏进来，主卧拉上了窗帘。他借着微弱的光线观察着室内的情景，屋里摆着一个书桌，两张衣柜，单人床被墙壁的拐角挡住了，他只能看到一点边缘。他向前走去。

床上没有被褥，只有孤零零一个床垫，在那张乳白色的床垫上，躺着一只茧。

他在纪录片中看见过埃及金字塔中出土的木乃伊，那种东西和他眼前所见的事物极为相似，唯一的区别是这只茧是白色的，它还没有来得及氧化。

看起来像是保鲜膜。被保鲜膜层层裹住的，人茧。

他抬头看向天花板，恍惚间他似乎看见一只丑陋的巨大飞蛾，用它的两只翅膀攀附在墙壁上，嘲弄般地与面前的人类对视。他曾经养过这种东西，它们不知疲倦地啃噬桑叶，身躯日渐肥大，直到有一天它们不再进食，从那种可爱的生物——几乎在一夜间变成另一种东西，吓哭每一个饲养它的小孩。

真够恶心的。

他转过身，差点撞上同事的额头，他不太想让女警看见他身后的东西。

他扶住对方的肩膀，挤出一抹笑容，尽可能平静地说："封锁现场，联系法医。"

名叫王建岚的女警肩膀微微抖动，透过吴仕岚腋下漏出的缝隙，她看见了。

黄雄从职业中介所走出来，顺着旁边的楼梯朝轻轨站走去。头顶传来轰隆隆的响声，抬头看，一架列车从楼宇中穿梭而过。这是这座城市特有的风景。

得知黄雄的大学生身份后，中介所的大妈有些惊讶地给他丢来一本登记簿。来这里找工作的人大多是不会使用网络的盲流,鲜有年轻人光顾,在网络的冲击之下,职业中介所也成了夕阳产业。

黄雄有自己的顾虑。无法使用身份证的话,就不能通过网络招聘平台找工作了,而在这种地方,只需要交上两百块钱中介费,没人有兴趣打听你的来路。他粗略翻了一遍,和他猜想的一致,登记簿上的工作信息大多都是从网站上摘抄而来,中介所扮演的是二道贩子的角色。

他轻易找到那条招聘家教的信息,和他在网站上看见的一模一样。

接电话的是一个中年男人,声音听起来有些疲惫。碰巧男人今天没有出门,得知黄雄正在找工作,便邀请他现在过去。

轻轨时而穿过楼面,时而一头钻入地底。刚才还在头顶的景象,片刻间又出现在脚下,直叫人眼花缭乱。大约四十分钟后,黄雄在男人所说的站点下车。这里离市区似乎有些距离,房屋也更加稀疏一些。

在轻轨站门口打了个车,出租车在一处别墅区门口停下,黄雄向门卫室的保安报上对方的名牌。看见小区门口悬着的摄像头,他压低了鸭舌帽的帽檐。保安和户主确认之后,黄雄走进小区。

在叠拼别墅盛行的时代,独栋别墅几乎就是财力的象征,他在别墅门口按下门铃。铁门中的花园足有四五十平方米。不一会儿,穿着家居服的男人从里面走出来。他有着一张魄力十足的脸,宽大的下巴彰显着坚毅。"是徐老师吗?里面请。"

这是他的化名。

他们在客厅的皮质沙发上坐下，黄雄观察着周围的景象，这个屋子虽然收拾得十分整齐，但看不出女主人存在的气息。两人对坐了一会儿，气氛有些尴尬。"不知道徐老师是哪个大学毕业的？"

"B大。"他拒绝男人递来的烟。报上名号的那一刻，他观察到男人的脸上浮现一分喜色。他从随身的腰包中掏出毕业证书，这是他上个月拨打公厕隔间墙上的电话买来的。最初抱着试一试的心态，没想到对方真给他寄了过来。

"您的女儿，好像是十六岁吧？"男人将毕业证书递回，黄雄将它揣进腰包。

"是的，学力的话大概在初二的水平。之前的老师刚教完初二下学期的课程。"男人说，"教材我都买好了。因为停了一阵子，可以先复习一下学过的课程。"

"那我先试着上两节课吧。抱歉……还不知道她的名字。"

"陈简溪。"男人眉间的川字纹微微颤抖了一下，他似乎有什么难言之隐，"她的性格有点奇怪，还请老师多多担待了。"

黄雄跟着男人走上客厅中央的旋转楼梯，经过厨房的时候他朝里面看了一眼。不是开放式厨房。

男人轻轻推开左手边第一个房间的门，露出一道缝隙。他朝里面低声说："简溪，新老师来了。"里面没有回应。

他有些抱歉地笑笑，黄雄朝他点点头，走进房间。

女孩背对着门，坐在飘窗的平台上，一头瀑布般的黑发在背上流淌。她双手抱着膝盖，似乎正在看着窗外，瘦弱的身躯藏在睡衣下面，她看起来不像是个十六岁的少女，更像个小孩。

窗户边的书桌旁摆着一个书架,黄雄在书架前停住,除了女孩父亲所说的教科书,书架上还摆着一些小说,他伸手抽出一本小说。女孩听见了身后的动静,没有回头。

书封上的名字是《虐杀器官》。这不该是十六岁女生读的小说。

他自顾自地在椅子上坐下,翻开第一页。很快,他陷入精彩的剧情中。

当女孩的声音响起的时候,他已经看了八十多页。他抬起头,将女孩怒气冲冲的样子收入眼底。她长得有些像她的父亲,只是五官更柔和一些,脸上没有血色,只有病态的苍白。

"你拿了我爸的钱,就这样混日子吗?"陈简溪从窗台上跳下来,一副质问的语气。黄雄将手中的书页合上,不忘折了个褶。他回应道:"就算我想要好好工作,也得问你想不想上课啊。"

"你走吧,你被辞退了。"女孩夺过他手中的书,"我不上课,这没有意义。"

"为什么?"

"我爸没告诉你吗?我快要死啦!"说到"死"这个字的时候,陈简溪的眼神动摇了一下。

"那本小说。"黄雄忽然指向她手里的书,"你看过了吗?"

"关你什么事啊!"

"这个作者叫伊藤计划,我也很喜欢他。"黄雄观察着女孩的表情,在这场对话中,他第一次吸引她的注意力。他接着说:"国内很少有人看他的小说,你很特别。"

女孩没有回他的话，转身将小说放回书架。黄雄朝着她的背影说："二〇〇一年，日本一个叫伊藤聪的男孩被诊断出癌症。医生告诉他，他最多只有五年的寿命了。"

女孩的肩膀颤抖起来。

"患上肺癌之后，生命以'天'为计数单位的伊藤聪终于开始认真思考自己的人生。他决定创作一本惊世骇俗的科幻小说，但在这之前，他只是个短篇同人作者，从未写出过像样的小说。

"他提出了以'伊藤计划'为名的创作计划，并且将自己的笔名改为伊藤计划。于是，伊藤计划横空出世。与时间赛跑的他，在二〇〇五年出版了人生的第一本科幻小说《虐杀器官》，他将自己对于生死的思考融入了小说主题之中，这本小说甫一出世，便震惊了全球科幻界。

"那一年，伊藤计划留下了一句脍炙人口的名言。他说……"黄雄在这里停顿了一下，女孩缓缓转过身，低声说："人活着，就是为了以各种形式成为他人的记忆。"

"你看，你知道为什么要学习嘛。"

那天之后，黄雄顺利成为陈简溪的家庭教师。他知道陈简溪的父亲对他隐瞒了一些事情，但他从未主动提起过。直到有一天，男人在客厅将他留下，说："徐老师，抱歉，我没有告诉过你。在你之前，从没有一位老师能待满一个星期。"

"为什么？"

"简溪的性子有些奇怪，她一直在抗拒我给她安排的家庭教师。我相信你也觉察到了，老实说，她可能活不到二十岁。"男人将双手插进头发，深深弯下腰。似乎光是说出这些话，就已经给他造成巨大的痛苦。"白血病。"他说。

"不好意思……"黄雄犹豫着,"确实,我也猜到了这种可能性。可是她为什么会绝望呢?以现在的医疗技术,骨髓移植也不是难事吧。"

"她是 RH 阴性血。"

熊猫血。

"那就是茧啊。"吴仕岚狠狠吸溜了一口碗中的面条。这家叫"杨妈妈扯面"的面馆,是陈嘉裕新给他安利的去处。这家的面条都是手工扯制,盖码厚道量足,红烧牛肉面里真有大块牛肉,他头一回见。

"用保鲜膜裹起来的,足足有上百层。尸体上裹了一层厚实的活性炭,保鲜膜制造了无氧环境,加上活性炭的作用,法医打开保鲜膜的时候,尸体一点腐烂的征兆都没有。你根本不敢相信,就像刚死的人一样。"吴仕岚说着,筷子停在半空中。

陈嘉裕端起面,吹口气,拂去表面的辣椒,啜了一口汤,从鼻腔深处发出满意的呻吟。"这是真的大骨头熬出来的啊。"他说,"一般人想不到这个,太讲究了。不过,这么多的保鲜膜和活性炭,光是追查购买源头就能找到凶手了吧。"

"嗯,你说得没错。"吴仕岚放下筷子,忽然愣住了。是从什么时候开始,自己可以一边谈论尸体一边享受食物了呢?他自嘲般地笑笑,回想起之前的事情。

在对死者亲友的初步走访中,吴仕岚得到一个信息,虽然之前兰秀云曾经提到过儿子出国留学的可能性,但前往美国的消息,全部都是黄雄告诉他们的。也就是说,很有可能兰秀云没有参与,是黄雄独自编造了留学的谎言。

根据这个思路往下推理,吴仕岚得到了一个模糊的推测:半年前,黄雄因为某种原因杀死了母亲。为了隐藏罪恶,他编造了出国留学的谎言。

兰秀云最后一次在国内出现,是去年的十月。由于尸体被处理过,无法判断具体的死亡时间,但兰秀云很有可能就是死在黄雄出国留学前的那个时间点上。

接下来得到的信息印证了这个猜测。

黄雄的电商平台购买记录显示,在"出国"前的两个月,他曾在网上购买过大量的活性炭和保鲜膜。

而在"出国"之后,兰秀云曾经向亲友们借过一些钱,理由是为了填补儿子留学的用度。所有人都觉得黄雄以后会有大出息,都乐得卖他这个人情,纷纷慷慨解囊。但兰秀云每一次借钱时,都是用微信联系亲友的,并且从来没有发过语音。

吴仕岚怀疑,是黄雄在使用亡母的手机,向亲友们骗取钱财。

为了获得更多的信息,吴仕岚将这一切都告诉了兰德志。得知唯一的姐姐已经遇害,而凶手可能是自己最疼爱的外甥,男人的脸色变得铁青。人在过于激动的时候,情绪反而很难宣泄出来。过了一阵,他呜咽着哭了。"为什么会这样?那孩子……从小到大都没有干过坏事啊。"

"哦,是吗?"兰德志的话引起了吴仕岚的兴趣。

"虽说父亲死后,他的性格变得有些内向,但这孩子老实得很,读书也用功,从不让人操心。你们可以去学校里问问,谁会相信他能干得出这种事?"兰德志犹豫着,"会不会,是你们搞错了?"

"所有的证据都指向他。"吴仕岚摇摇头,"在这之前,他和他母亲有什么过节吗?"

"他是个孝顺的孩子。在我的记忆里,他几乎从来没有和他妈吵过。"兰德志说,"不可能,我还是不相信。"

面对罪犯有可能是亲人的事实,人们的理智会被剧烈的情绪扭曲。尽管兰德志再三强调外甥和姐姐之间没有嫌隙,但吴仕岚还是找到了一些耐人寻味的地方。

在人们的印象中,兰秀云是个严厉的母亲,丈夫死后,她拒绝了许多媒人的建议,执意不再婚嫁。她把全部的精力都投入对儿子的培养之中,儿子考上名校之后,她甚至做出了辞职陪读的决定。这些行为已经超过了"母爱"的范畴,是控制欲的体现。

母亲的极端控制欲将儿子逼上绝路,难道这就是黄雄杀死兰秀云的动机?

不,这不足以令孩子做出弑母的决定。如果这是一起激情杀人案,吴仕岚反倒能相信它的合理性,但这是谋杀,一起在死者被害之前的两个月就已经准备好的谋杀。

在这两个月中,他怀揣着杀死母亲的决心,装作一个温俭恭良的儿子,和母亲相处着。换作正常人,在杀死母亲之前,恐怕就会被巨大的恐惧和愧疚冲垮吧。

"这倒是很符合那个。"陈嘉裕嘬着牙花子说。

吴仕岚知道他说的是什么,他能想到的也是那个理由——这个被亲友们视作天选之子的孩子,在他的皮囊之下,很有可能藏着冰冷的反社会人格。

在弗洛伊德的精神分析理论中，人类社会中被称作"道德"的东西，实质上来自人格深处的"超我"。"超我"的形成则源于童年的经历，它像是一种声音，在你作恶之前就会在脑子里响起，它会告诉你，不可以这样做，这样做的后果是什么，在作恶者的心中形成"恐惧"和"愧疚"的情绪。

而拥有反社会人格的人的"超我"，与正常人截然不同。他们的脑子里没有这个声音，也没有所谓的道德约束机制，他们可能平静地度过一生，在人群中隐藏一生，也可能在某种动机的推动下犯罪。

但无论如何，他们没有愧疚，他们是冰冷的机器。当他们决定犯罪，他们能够冷静地处理这件事情，不会受到情绪的干扰。

"最后一次取钱之后，他再也没有在任何监控画面中出现过。"吴仕岚耸了耸肩，"该死，这种人往往特别聪明。"

"再说说尸体。"陈嘉裕说。

"致命伤是后脑的凹陷性骨折。"吴仕岚说，"门把手和屋里的指纹都被清理干净了，我们在客厅沙发的锐角上检测出了鲁米诺反应，那应该是尸体死亡的地点。尸体的下肢和躯干处有一些锐器伤口，深可见骨，伤口里找到了金属的残留碎粒。法医的结论是死后形成的。"

"他想分尸？"陈嘉裕快速下出结论。吴仕岚深深看了他一眼。陈嘉裕这种人天生就应该做刑警，却在监狱里浪费人生，这令人百思不得其解。

"恐怕是。"

兰秀云家有厨房,但是刀架上没有找到菜刀,那把菜刀可能就是凶手用来砍人的工具。

"有点奇怪。"陈嘉裕思考着,"从他提前购买大量保鲜膜和活性炭的行为判断,他的计划应该是藏尸,这与分尸相悖。分尸的话,目的应该是将尸块从屋子里逐一带走,那就不需要这些东西了。他为什么要分尸?假如他临时起意决定分尸的话,为什么又要半途放弃呢?"

"这只能问问他自己了。"吴仕岚苦笑道,"不过,我们的调查倒是在另一方面取得了进展。兰秀云死后,他利用母亲的名义借了不少钱,粗略计算了一下,至少五十多万元。除了他最后取走的三万元——我猜是逃亡费用,其他的钱都转给了另一个账户。"

坐在前往 C 市的飞机上,吴仕岚计算着自己这几天跑过的里程。从宁城到 B 市再到这架航班,他几乎横穿了整个国家。为了节约时间,他选择乘坐当天的航班,当然,是经济舱。

事情远比他想得更复杂。

黄雄已经确认在逃,除了等待他自己露出马脚,警方只能通过其他线索去寻找这个人的行踪。

在之前的调查中,他得知黄雄曾用母亲的银行卡向亲友借了大笔金钱,这些钱大多流向了另一个账户。将银行卡号和开户行核对之后,他发现,户主竟然是一个户籍远在 S 省的流浪汉。

这个流浪汉有几起偷窃电瓶车的案底,地点分布在好几个省市。人海茫茫,该如何去寻他?调查过取款记录之后,吴仕岚发现，真正使用这张卡的竟然是一个女人。所有的取款地都在 B 市。

又是 B 市。

吴仕岚怀疑，这张卡是个挂名账户。这也不奇怪，许多走投无路的人都能为了区区几百块卖掉自己的身份证。在一些地方，买卖身份证已经形成了灰色产业链。如果这个女人需要用别人的身份证登记信息，那么，她一定也有不可告人的秘密。

更有意思的是，这女人是个黑户。字面的意思就是，她没有身份证，没有在派出所登记过户口，她是一个没有身份的人。

为此，他坐上前往 B 市的高铁。

在一家已被查封的按摩店中，他找到了这个女人的踪迹。这是个以正规按摩为幌子，暗中为顾客提供色情服务的按摩店。它们隐藏在正常的按摩店中，但分辨它们并不难。女孩们可以轻而易举地从男朋友的微信账单里找到这些店的名字，按摩单项超过五百块的，一律按大保健处理就行。

老板是个秃顶的中年男人，吴仕岚在沙发上大大咧咧地坐下，掏出这个女人的照片问："她以前在你们这里上过班，对吧？"

"我……我不记得了。"老板挠挠脑袋。吴仕岚将照片按在他脸上。"她涉及一起刑事案件，不想惹祸上身的话，赶快把知道的事情都说出来。"

"我什么都不知道，她只是在这里上班而已。"老板没有多做抵抗，"她在我们这里干过半年。"

"是吗？入职时登记了身份信息吧，拿出来看看。"

老板面露难色。"我们这儿没那么讲究，我也没见过她的身份证……"

"真名？"

"不知道。"老板似乎在思考着什么，"我们叫她 Sally。"

"那这个人呢？"吴仕岚又掏出黄雄的照片，"你有没有见过这个人？"

"有点面熟……"老板眯起眼睛，"我好像在哪儿见过……对了！这是 Sally 的熟客，他经常点 Sally 的钟。小伙子看起来文质彬彬的，来得还挺勤。"

吴仕岚心中一沉，他紧接着问："这个 Sally 离开你们店里之后，去了哪里？"

"这我就不知道了，但我听另一个女孩子说，她好像去了 C 市。说是她身体不好，在咱们北方待不住。"

降落架触地的动静将吴仕岚从思考状态中拽了出来。摘下腰间的安全带，他遗憾地瞟了瞟一旁空荡的座位。没有女孩同行的旅程，实在是有些乏味啊。

机舱门刚打开，热浪扑面而来，才四月，C 市已经进入了夏天。他在机场出口拦下一辆出租车，向出租车司机报上地名，招呼着师傅把空调往大了开。

Sally 的确在 C 市，没有身份证的人不能乘坐公共交通工具，但他们有其他方法。一位黑巴士司机曾经见过这个女人，吴仕岚想，如果黄雄想要逃窜的话，恐怕也会采用这个方式。这个世界上总有人隐藏在夜幕之中，像下水道里的老鼠，你看不见它，并不影响它的存在，它们用自己的方式生存。

警方当然也排查过黄雄可能采用的逃窜方式，遗憾的是，他明显比女人更聪明些。他甚至可能仍在 B 市，但 B 市太大了。

聚光灯打入夜幕，借着黑车司机给的信息，吴仕岚在 C 市的警方手中获得了女人的情报，精确到门牌号的那种。吴仕岚决定亲自登门拜访。

按下门铃之后，他等待了一阵，里面传来棉质拖鞋和地面接触的声音。过了一会儿，防盗门打开，一个睡眼惺忪的女孩站在他面前，疑惑地揉着眼睛问："你找谁。"

"如果她还叫 Sally 的话，我找 Sally。"吴仕岚露出人畜无害的笑脸。女孩让开身，他走进屋子。这是一个三居室的房子，除了刚才开门的女孩，还有一个女孩正躺在沙发上，茶几上乱糟糟的，上面胡乱铺着几只不知什么时候留下的外卖盒，烟灰缸里插满烟头。

吴仕岚微微皱眉。这地方的气味难以描述，他们应该派个诗人来。

他在沙发上坐下，女孩打量了他两眼，坐起身。桌上扔着包万宝路双爆，他拈起一支烟，用力掐碎。"你和 Sally 是同事吗？"

"你是她的男朋友？"女孩用狐疑的眼神打量着面前的不速之客。

吴仕岚伸了个懒腰说："我是你最害怕的那种人，你是老鼠，我就是猫。"

"这套路也太老土了吧。"女孩啧啧道。

吴仕岚附在女孩耳边说："对不起，我是警察。"他掏出证件。女孩露出惊恐的眼神，仓皇逃进卧室，卧室中传来窃窃私语的声音。这下安静了，吴仕岚想。他注视着从里面走出来的那个女人，她是属于黑夜的女人，这意味着暗沉的肤质和暮气，当她素颜在白天出没，你不能想象她夜晚时的模样。

她看起来有些虚弱，或许是熬夜的缘故。

她穿着一条牛仔短裤，白T的下摆耷在腰间。她在吴仕岚左手边的独立沙发上坐下，目光停留在茶几上的一瓶矿泉水上。"有一说一，南方的天气确实养人。"吴仕岚眯起眼睛看向不远处的窗外，阳光贪婪地占据阳台。"找你可真不容易。"

Sally不语。

"这是你的客人吧。"吴仕岚掏出黄雄的照片，放在Sally面前的茶几上。女孩弯下腰，拿起照片，仔细端详一阵。"记不清了。"她说。

"我去过B市。不如你再仔细看看。"吴仕岚推开她递回的照片，Sally只好重新看了一遍，这回她给出了不一样的答复。

"见过。"

"富二代？要么就是互联网公司的老板？"Sally说，"我不太喜欢打听顾客的身份，他们也不爱告诉我。"

"大学生。"吴仕岚说，"三个月，他给你转了四十多万，这够他六十多年的学费。"

"我不知道，难道顾客给我转账也犯法吗？"她抽烟的姿势像只猫。

"我可以随时把你带回去，仅仅因为你的职业。我有这个权力，但它不属于我的工作范畴，我现在还不打算这么做，如果你愿意告诉我一些事情的话。"

"我很乐意啊。"Sally 摊开双手,就像她张开双腿时那样,一副任君采撷的样子。

"你最后一次见到他是在什么时候?"

"辞职前,半个月左右。"

"他有没有告诉过你什么,比如他干了什么事情,他准备去哪里?"

Sally 摇头:"他约过我不少次,私活,但他从来不提生活中的事情。他是不是犯事了?"女人自言自语着,"我猜也是。"

"为什么会这样想?"

"他是个挺愣的人。"Sally 说,"有一回,他问我,可不可以做他的女人。我跟他开玩笑说可以,他又说,只做他一个人的女人。我说,那需要很多钱。那之后,他就经常给我转钱,五万、十万……我还挺害怕的,他看起来不像是个有钱人家的公子哥。"

"你不知道这些钱是哪来的?"

"那和我没有关系,我只管收钱。"

"他杀了他妈,用他妈的血肉称斤卖的。"

"你真幽默。"

"在那之后,他有没有再联系过你?"

"有过这种事情,客人的事被家里人发现了,他们的老婆上门来闹,喊打喊杀的。收了他四十多万,我心里有点虚,就找了个理由辞职了。"Sally 说,"我们这种人,每换一个城市,就会换一个手机号,微信也是。他可能找过我吧,但我也不知道了。"

"以前的微信和手机号呢?"

"销户了。"

"我没有查到你的身份信息。"吴仕岚转换话题,"你好像没有身份证?"

刹那间,Sally的脸颊忽然涌上妖异的潮红。她捂住胸口,大口地喘息着,吴仕岚正欲询问,她站起身,摇摇晃晃地朝卧室走去。

当她回到客厅的时候,脸色已恢复正常。

"哮喘,老毛病了。这也是我离开B市的理由。"Sally又点上烟,"第三胎,还是女孩。家里穷,交不上罚款,这种事也不罕见吧。习惯了没有身份证的生活,也就懒得补了。"

"听你的口音像是南方人,哪里的?"

"农村,说不上名字的地方。"吴仕岚发现她的普通话变得更标准了,她在有意纠正自己的口音。"这和你调查的事情没有关系吧。"

"谁知道呢。"吴仕岚说,"你家里人呢,没有回家看过吗?"

"我爸跟一个外省女人跑了,我妈死得早。老家没什么亲戚,就算有,我也不认得了。"Sally苦笑道,"我十四岁就出来了,在电子厂装配线上,一个月八百块钱。我这种人,但凡能吃得上一口饭,都不会想回家。"

离开C市之前,吴仕岚给当地的警方打了个招呼,让他们在盯紧Sally的同时查一查她的底。她在隐瞒一些事情,每个人面对警察时都会隐瞒一些事情,但他不能确定的是,她隐瞒的事情和这个案子有无关联。

*

酒吧二楼的隔间里摆着四五个梳妆台，这里是男模们的休息室。装修的时候估计没有考虑隔音效果吧，虽然隔了一层水泥墙面，仍能听到楼下的音乐。低音将地板轰得嗡嗡作响。

经理叫到黄雄的名字时，他从一旁的椅子上随手扯来件西装，往门外走去。忽然，他感觉肩膀一痛，伸手抓住门框。"也不知道你走了什么狗屎运，一来就傍上了款姐。"

他揉揉肩膀，赔了个笑，侧着身子让前辈通过。

在酒吧当男模的收入虽然不错，但在这个竞争激烈的行当里，半个月不开单也是常有的事。他初来乍到就结识了熟客，难免让工作已久的同事眼红。况且——他转头看向墙上镶嵌的落地镜，自己这张脸也算不上帅气。不过正是得益于这副平凡的面孔，上了几个月班，除了Sally以外，点他的客人寥寥无几。

Sally今天是一个人来的，没有开台。黄雄绕过散台区，穿过舞池，小心地拨开拥挤的人群，在酒柜处找到了Sally的身影，她正用一根黄色的吸管搅拌着面前的鸡尾酒。她似乎只喝这一款，没有加入基酒的莫吉托。

酒保朝这边看过来，眼神带着些鄙夷。他从背后环住Sally的脖子，Sally握住他的手臂，他在她身边坐下。"Sally姐。"他说。

酒保的目光依然停留在他们身上，Sally揽住他的肩膀，湿热的嘴唇抚弄着他的耳垂，这令他心跳加速。"他们找到我了。"Sally的声音像太平洋的暖风，吹过他的耳壁。

他心一沉，但没有太过震惊。这是早晚的事。"他们都知道了些什么?"他用眼角的余光观察着酒保,对方正在伺候另一位客人。

"不知道,但那个警察不好对付,我感觉他还会来找我。"Sally 显得有些犹豫,她抓过桌上的酒杯,狠狠闷了一大口,像是做出了某种决定,"要不,还是算了吧。"

"不行。"黄雄斩钉截铁地说。他害怕说得慢了些,自己也会变得和她一样犹豫。"再给我一点时间,相信我。"

"说说那个女孩吧,她是个怎样的人呢?"

"不太好对付,但总归还是个小孩。"黄雄忽然想起上一次下课时女孩对他说的话:"有机会的话,带我溜出去玩吧?"

"一提到她,你的心情就好像变得很好呢。"Sally 打趣道,"是个小美女吧。"

黄雄从裤袋里掏出手机,打开女孩的朋友圈,将手机交给 Sally。照片上,女孩嘟着嘴,比着剪刀手。背景是房间的书架。

"是个美人胚子,就是瘦了些。"不知为什么,Sally 的语气有些落寞。

"她爸爸说,如果再不进行骨髓移植,她只能活一年了。"黄雄接过手机,抚弄着柜台上垂落的灯球,"估计她自己也清楚这一点吧,装作一副看穿生死的样子,其实心里怕得很。"

Sally 点点头,她似乎想到了什么,眼眶渐渐红了,黄雄将她的脑袋搂入怀中。胸前的衬衫有一块湿了,没有人注意到他们。在这种地方,到处都是相拥的男女。

Sally 离开之后,黄雄回到休息室,屁股还没坐热就又被经理叫了出去。这一次不是点钟,他与其他同事一起,像件商品接受顾客的挑选。

出人意料，他竟被选中了。

女人肥大的屁股陷在沙发里，一只手箍住他的后颈。刚才与他起过冲突的同事也被她的同伴选中，这些妇女的年纪至少比他们大上两轮。"小伙子，先喝杯酒。"酒杯塞到他嘴边，他一饮而尽。

女人的手放在他的大腿上，一路往上游移。她的手上布满衰老的斑点，他能感觉到这只手的潮湿和温度。忽然他有些眩晕，呕吐的欲望在嗓子眼蠢蠢欲动，这是本能的排斥，他无法抗拒。

"我先去上个洗手间。"他对女人说。

打开水龙头，黄雄洗了一把脸。热水蒸腾起雾，镜子里的这张脸孔逐渐和回忆中的某张脸孔重叠，他曾见过和它极为相似的，另一张脸。

被锁在相框里的那个男人是自己的父亲，这件事是从别人的口中得知的。或许小孩也有记忆，但他曾翻遍脑海的每一个角落，从未找到父亲存在过的痕迹。

母亲说，父亲是个修理大型机械的工程师。在黄雄出生后不久，父亲被公司派到非洲援建，直到黄雄三岁的时候，这个男人才第二次见到自己的儿子。这一次他没有离开，他有了不能离开的理由。

在公司例行的体检中，他被诊断出晚期肺癌。于是他留在家里，等待死期的来临。

五岁时，父亲去世了。

母亲工作繁忙，常常把他丢在舅舅家寄养，后来由于工作调动,她的新单位离舅舅家比较近,干脆自己也住了过来。他与母亲一起住在舅舅家的客房。

第一次发现那件事,是在他七岁的时候。

那是发生在夏天的事情,他和母亲躺在双人床上,母亲的鼾声规律地奏鸣着,他百无聊赖地望着天花板,思考着只属于他这个年纪的问题。

舅舅打开房门时,他条件反射似的闭上眼睛。他不知道自己为什么要闭上眼睛,就像之前做过很多次一样,他装作睡着。舅舅脚步很轻,他通过床垫的动静判断其行动。

舅舅爬上床,跨过他的身体。

"不可以。"是母亲的声音,她被舅舅惊醒,"他在旁边。"

"他睡着了,之前不是也做过很多次的吗?没有关系的。"舅舅说。他不知道他们指的是什么,但他感觉那是不好的事情。母亲似乎妥协了,她不再说话,取而代之的是衣物摩擦的声音,他打算偷偷睁开眼睛,声音却停下了。

屋外传来了另一种声音,听起来像是有什么东西在推动椅子,木质凳脚在瓷砖上摩擦。舅舅低声说:"是那东西。"两人所做的事被那东西干扰,不得不中止那欢乐的进程,这令舅舅愤怒极了。黄雄感受到舅舅的呼吸出现在自己正上方。"还好,没吵醒他。"

床垫一轻,舅舅离开了房间。屋外响起金属碰撞的声音,是铁链和笼子的碰撞。叮叮当当。

舅舅把它锁进了笼子。

舅舅回来了,似乎在观察他。黄雄死死闭着眼睛,他隐约感觉，如果在这时候睁眼的话，必将承担极为可怕的后果。

喘息声响起，他悄悄抬起眼皮，眼睛眯出一条缝。床头柜上摆着父亲生前的照片，相框里的男人和他一起见证眼前的画面。

舅舅死死咬住母亲的肩膀，母亲的表情好像很痛苦。他想起来了，他曾见过这一幕，好多好多次。

舅舅低吼着，不停叫她姐姐，这能让他更加快乐吗？

两条白花花的蚕虫缠绕在一起，它们剧烈地，发疯似的起伏。

天花板上，有只大蛾子。

他害怕大蛾子。

陈简溪的父亲有三家服装制造厂，原本只承接外包业务，前两年开始运营自己的品牌，生意做得顺风顺水。女儿患上白血病之后，他将生意交给了职业经理人。除开每周两次的例会，他都待在家里陪伴女儿。

他上午八点出门，一般最早也要忙到晚上七点，在陈简溪的计划里，她至少能在外面待够八个小时。

她穿着一身淡黄色的连衣裙，头上戴着乡村风格的草帽，一副用力过猛的游客打扮。她今天化了淡妆，两颊红润而有光泽，原本惨白的双唇也有了血色。看着她迎面朝自己走来，黄雄忽然有些恍惚，这还是那个活不过一年的女孩吗？

在他的身后，陆续有带着小孩的父母走进游乐园。这是个面向低龄的游乐园，里面无非是些旋转木马、魔法城堡之类的项目，他原本以为陈简溪会要求去些更刺激的地方，没想到她想来的竟是这里。

不过,自己竟然会答应带她出来玩,这件事本身就足够奇怪了。

"冰淇淋!"陈简溪刚走到他面前,又被旁边的冰淇淋摊吸引了注意,"我要草莓味的!"

他摇摇头,掏出钱包,一头扎进围在冰淇淋摊旁的孩子堆里。

"你想要玩什么?"黄雄举着冰淇淋和陈简溪一起走进游乐园,"旋转木马、水枪大战,还是用挖土机刨沙子?"他指向不远处的沙坑,那里摆着几台仿真塑料挖掘机。

"都不是。"陈简溪用力摇头,舔食着唇角的冰淇淋。她伸手指向黄雄左手边的树林,手指高高指向天空。黄雄顺着她指的方向看过去,树林的背后有一架摩天轮。

C市有一架据说创下过吉尼斯纪录的摩天轮,比起那个庞然大物,眼前这个低矮的摩天轮就像个旧时代的产物。"如果要坐摩天轮的话……"来不及把话说完,陈简溪拽着他的袖子一路朝摩天轮走去。

摩天轮的位置在游览路线的终点,或许在游乐园建立之初,它也是这里的标志性建筑吧。说起来,几乎所有的游乐园都将摩天轮作为最终项目,也不知道为什么。

到了摩天轮底下,黄雄发现自己低估了它的高度。和其他项目不同,摩天轮下的铁栅栏中排着长队,小孩们跃跃欲试地抬头看着这头缓慢运转的钢铁怪物,眼里充满憧憬。

她也是吗?黄雄转头看向陈简溪,她仰着小小的脑袋。从这个角度看的话,她的下颌角很美。"小时候,我家就住在那边。"

陈简溪看向摩天轮后，那是一片居民区。"每天都看着它转呀转，可是坐上去是什么感觉呢，我不知道。爸爸太忙了，他答应要带我来，却总是忘记。"

"那这次你就好好坐几圈吧。"黄雄假装观察前面的队伍。他感觉到内心的某个部分正在松动，他有些害怕。

大约半个小时之后，他们终于排到了队首。工作人员打开封挡，一架锈迹斑斑的座舱停在水泥平台的前方，黄雄搀着陈简溪踏入座舱。恰好排在后面的是一个四口之家，塞不进他们所在的座舱，原本应该乘坐四人的座舱，仅仅装了他们两个人便关上了舱门。

座舱徐徐运转，离地面越来越远。透过玻璃窗，黄雄看着下方的人群，忽然，他看见一个熟悉的身影。那个人似乎正在遥遥向他挥手，他再去看，座舱却已爬升至看不见下方的角度。

那个人……她为什么要来这里？

"哇，好高。"陈简溪扯着他的袖子，大喊大叫着，"你看，那就是我家。"

"你以前真的没坐过摩天轮？"

"后来我生病了，爸爸说我应该在家疗养，就更没有出去玩的机会了。"陈简溪情绪低落下来，"这是第一次。"

"真巧，我也是第一次。"黄雄喃喃着。

"为什么？"

"因为我要用功读书。"

"你爸爸也不让你出去玩吗？"

"我没有爸爸，只有妈妈。"黄雄惊讶于自己为什么要把这事告诉她,"读书是我自己的事,我用功读书,只是为了离她远一点。"

"唔。"陈简溪皱起眉头,理解黄雄的话对她来说有些困难。

"不说这个,你答应好了,这次我带你出来玩,以后好好上课。"

"知道啦。"陈简溪说,虽然语气还保持着亢奋,但她已没有了刚才的劲头,她倚靠在座舱的门上,眼皮懒懒盖下来,像是忽然间有什么东西抽空了她的精力。黄雄见过很多次,这是贫血带来的眩晕。

"好高啊,你说,人死了,会不会也能飞到这么高的地方。"陈简溪的声音有些虚弱,"如果可以的话,就算死掉也没关系的吧。"

"别瞎说。"黄雄抓住门把手,"你爸会给你找最好的医生,会把你治好的。"

"别把我当小孩了,我知道自己什么情况。熊猫血……对吧?"陈简溪说,"很稀有的,像天使一样。反正我爸是这样骗我的。"

"告诉你一个秘密。"她忽然直起身子,"自从明白这件事开始,因为不知道自己什么时候死掉,我每年都会写一封遗书,毕竟每过一年,想说的东西就会多一些,所以遗书也要更新的。它们就藏在……"

就像那个被锁在相框中的男人,她在等待着自己的死期。母亲说,得知病情以后,父亲就陷入了漫长的昏睡,一天只在清晨醒来。他很少和别人说话,清醒的时候只做一件事——用DVD

放一九八三年版的《射雕英雄传》。

她还活着吗，还是已经死了？她也知道的吧，她在别人的眼里已经死去了，她在别人眼里已经成了一具活尸，这是什么样的感觉呢？黄雄很想问她，可他问不出口。

摩天轮越过夕阳。

陈嘉裕的电话是昨天晚上十一点打过来的，当时吴仕岚正准备休息。听完电话之后，他抽光了家里最后剩下的半盒烟。

在电话中，陈嘉裕提出了一个天方夜谭般的推测。如果这个推测成立，事实将变成另一番模样。它太大胆，也太离奇了，它与目前为止发生的一切相悖，怎么想都不合情理，可吴仕岚不得不承认，陈嘉裕的想法可以解释案件的违和之处，而那一个可能性，他从未思考过。

第二天，他将这个推测告诉同事，并且让他们沿这个方向展开调查。就像之前与Sally的对话，所有人都在隐瞒一些东西，至于这些东西与案情有无关联，没有人知道。

吴仕岚调查过兰德志的家，这个人与他所试图建立的人设是另一番模样。在他的描述中，他照顾着外甥和姐姐，可吴仕岚怀疑，他连自己都照顾不了。

他是个无可救药的赌鬼，生活在秀水小区的人都知道。

他家的状况也印证了这一切，除了几面白墙和床铺以外，几乎所有值钱的家具都被他拿去变卖了。吴仕岚在一张瘸腿的塑料椅子上坐下，差点儿没摔了个趔趄，而兰德志还在抱怨姐姐的单位没有给足抚慰金。

屋里唯一值点钱的东西，只有客厅墙角的那只铸铁笼子。看起来兰德志像是养过大型犬，不过那也是过去式了。以他的财务状况来看，就算养过狗，也早被他卖了。

在走访过程中，吴仕岚获得了另一个信息：他们姐弟二人生活在宁城，却没有根。大概二十五年前，他们从宁城的农村搬到城里，没有人见过他们的父母亲戚，也没有人知道他们的来路。哪怕是年节，姐弟俩也没有将父母接来城里过。他们俩在一起过节。

吴仕岚在户籍系统中找到他们的老家，驱车前往。

兰氏的老家在离宁城一百三十千米的山区，虽然直线距离不远，但一路都是蜿蜒的盘山公路，走了五六个小时才到。抵达这个村庄的时候，吴仕岚有些担心屁股底下这辆不堪重负的伊兰特，他希望它还能把自己带回去。

同行的是负责这个村庄的民警，姓江。按照小江的说法，由于地处偏远，电网又没有铺过来，村里的住户早已陆续搬去其他村落，剩下的只有几位腿脚不便的老人。这是一个荒村。

看见泥土围墙上一排只属于二十年前的暗淡标语，吴仕岚相信了他的说法。

村里除了少数几栋平房，多数都是瓦顶的泥屋，梯田早已荒废，长满杂草。吴仕岚顺着门牌号找到兰家曾经的地址，却发现木门上扣着把黄铜大锁，锁面爬满锈迹。

据派出所的档案记载，兰德志的父亲在二十五年前就死于脑出血，母亲也在十几年前病死，这个屋子里只剩下兰德志的叔叔一家。只是看铜锁的锈蚀程度，这里怎么也不像是有人居住的样子。

小江死马当作活马医,抬起铜锁,重重扣了几下门,院里没有任何回应。吴仕岚叹口气,正欲转身离开,却被小江叫住。"那边还有一户人家,我们前年才走访过。过去试试?"

吴仕岚跟着他走向不远处的另一座泥屋,小江说得没错,这一户还有人居住。在院外叩过门之后,里面传来老人的声音,她操着口晦涩的方言问:"谁呀?"

打开门,是一个深深弓着背的老人,她的背上像是长了一座驼峰。小江用方言和她交流了几句,她将二人放入院里。吴仕岚在屋口水井旁的矮凳上坐下,随口问道:"老人家,您家就一个人啊?"

"儿子和孙子都在外面打工咯。"老人说,"要喝水不?"

"不,不喝水。"吴仕岚给小江使了个眼色,示意他赶快进入正题。

一番寒暄之后,老人得知他们要打听的是老兰家,语气变得有些唏嘘。"你说的那个人,兰坚的弟弟一家,六年前就搬走啦。"她抬头瞄了吴仕岚一眼,"老兰家真是造了孽哟。"

她知道些什么。

吴仕岚连忙问道:"这话是怎么说?"

"他们对外面说,兰坚是病死的,这是怕丢了家族的脸面。不是的嘛,反正村里也没人了,我不怕告诉你们——他是在屋里的横梁上吊死的,那一天我看着了,舌头伸得老长的,怪吓人哟。"

"吊死的?他为什么要自杀?"吴仕岚忽然想到,秀水小区的邻居说他们是二十五年前来的宁城，他们的父亲兰坚也在二十五年前死于自杀，难道他们的离开和父亲的死有关系？

老人忽然压低声音，做贼似的朝左右瞟几眼，尽管这里只有她一个人。"我给你说，你不要告诉别人哈，他们家里，出了孽障。"

"孽障？"

"可不是孽障吗？老兰的女儿在城里念书，有一天，忽然哭哭啼啼地跑回来。老兰一看，肚子大了！当时他还以为是哪个混账把女儿祸害了，操着刀就问女儿对方是谁，他女儿死都不说。

"老兰气不过，把她捆在祠堂里，拿鞭子往死里抽。他女儿吃不住痛，就交代了。你猜是谁的种？"

"谁的？"小江插嘴道。

"兰德志，她弟！"老人接着说，"我听说，他们俩从小就睡上了，搞大了肚子才被家里发现，你说这事丢不丢人嘛。老兰是个本分人，被这事气得当时就晕了过去。第二天想不开，吊梁死了！"

回城的路上，吴仕岚一路开着窗，山中的风清澈冰凉，他有点后悔没带件外套。刚才获得的信息给他造成了太大的冲击，像是一团云雾里炸响爆竹，他需要独自思考的时间。小江开着车，嘴里念念叨叨，他一句也没听进去。

秘密，难以启齿的事情。

乱伦的事情被揭穿之后，兰德志和姐姐一起来到宁城，从此和老家的人再无瓜葛。兰秀云结婚的时间是在他们搬家后的第五年，难道在这五年中，他们一直保持着那种禁忌的关系？兰秀云的死和这个秘密有没有关系?

还差一点,还差一块拼图。吴仕岚想起出门时托付给同事的事情,如果那件事能够得到确认的话,或许它就是最后一块拼图。

手机亮了,他拿起来,屏幕上显示的是新闻推送,看到C市两个字,他下意识地划开屏幕:身患绝症的女孩割破家中的煤气管道自杀,目前正在抢救当中。

下面有一行小字:警方在现场的橱柜上找到了她的遗书。

接下来的内容是案件的详情和煤气管道的安全知识,吴仕岚闭上屏幕。就在他锁屏的瞬间,屏幕再度亮起,他接通电话,是同事的声音。

"C城机场,黄雄出现在监控里了。"

随之而来的是一张微信图片。照片上,男孩注视着摄像头。

三天前。

走出轻轨站后,黄雄径直走向车站后面的街心花园。确认四周没有人,他从绿化带中扶起那辆废弃的共享单车。

一个月前,他从一家垃圾回收站中买到这辆单车,电子锁被拆除了,五十块钱一辆。自从上回在出租车上被热心的师傅盘问半个小时之后——那个人几乎快要把自己的远房侄女介绍给他,他决定更换交通方式。至少在完成那件事以前,他不能被人认出来。

他看了看时间,现在的时间是八点十分。他告诉那个人的时间是中午十二点整,分针走过十二点零四分之后,一切都将结束,然后重新开始。

骑了二十分钟左右,他在别墅区前的街角扔下单车,用陈简溪父亲给的门禁卡打开电动闸门,步行走进小区。

今天是周五,不是上课的日子,男人不在家。他的腰包中放着一本叫《沉默的巡游》的小说,这是东野圭吾的新作,他约好给她送过来。之所以将时间定在中午十二点,是因为他读完这本小说花了两个半小时。陈简溪的速度慢一些,也不会超过三个半小时。

让她再读完一本小说也没有意义,但他觉得自己必须这样做。假如她有别的什么心愿,他也会尽力替她完成。这无非是出于自私而已,他想。如果一个人没有情感,没有那块无时无刻不在压迫着心脏的巨石,或许一切都能更快,也能更顺利些。

他走进屋内,陈简溪盘腿坐在沙发上,茶几上放着杯喝到一半的牛奶,电视中播放着早间节目。他从包里掏出那本小说,黑红相间的封面。"哇,你真的买到啦!"女孩将小说一把抢过,"我昨天去医院的时候还在想,如果读完这一本的话,就算马上去死也没有关系。"

"是啊,据说这是第一批书,还热乎着呢。"黄雄在沙发上坐下来,就算真的去死也没有关系吗?他忽然很想问她这个问题。

女孩翻开书页,黄雄换了个台。这次是新闻资讯,电视上播报着最近沸沸扬扬的B大高才生弑母案的后续进展,他稍微停了两秒,换到另一个台。他瞟了陈简溪一眼,女孩的注意力完全放在书本上。

他掏出手机,刷了一会短视频。十点三十分。

从沙发上坐起来,他走上楼梯,打开卧室门,在书架上找到那本《虐杀器官》，上次只读到中段，所以没翻开后面的书页。他翻到最后，找到那个牛皮纸质地的信封。

他掏出口袋中的橡胶手套，小心地拆开信封。

遗书

这是陈简溪的遗书，第27版。(笑

不知不觉已经十六岁了，离最初确诊的时间已经过去三年。医生说我最多还能再坚持一年，爸爸没有告诉我，他总是把我当小孩，但这次我听见了。

我能想到最好的死法，是在某一天入睡以后就不再醒来，这样至少不会有痛苦，不会在病床上和爸爸生离死别。之前有人对我说："人活着，就是为了以各种形式成为别人的记忆。"我想，至少不要给别人留下悲伤的回忆。

说这句话的人还蛮有意思的，明明自己比我大不了几岁，却总是要装作老气横秋的样子对我说教，男孩是不是都这样啊？

爸爸和妈妈离婚之后，每天都和我一起被锁在这个屋子里，他一定也很孤独吧。我希望爸爸能找一个女朋友，可是每次和他提这件事的时候，他都会很生气，为什么呢？爸爸，等我死了，你就去找一个女朋友吧，这可是你唯一的女儿在遗书中提出的诉求，要好好听话哦。

还有那个人，爸爸说我像天使一样特别，那么你一定也是个天使。签署器官捐献协议以后已经过去了一年多，你还好吗？你也等得很辛苦吧。

我很抱歉，在得知我们的血液配型相符以后，爸爸的第一反应是要求你为我捐献骨髓。我要是活下去，你就得不到我的心脏了。如果世界上只有我们两个天使（好自恋）的话，我又有什么资格让你为我去死呢？

他们说我们的关系是一场赛跑，谁先摸到死亡的门槛，谁就要把生命献祭给另一个人。不是这样的，我们是一个战壕里的战友，我比任何人都不希望你比我先走到那一步。

如果我先死掉，请你善待这颗心脏。

我有好多的事情没有体验过，真实的世界是什么模样呢？甜甜的恋爱是什么感觉？这些我都不知道，所以我才爱读小说，小说里有别人的体验。如果我先死掉，请你带着这颗心脏去体验那些事情好吗？我想喝醉一次，想环游世界，我想写一本小说，蹦一次极……

这样说会不会有点自私呢？如果不可以的话，也没有关系，但请你一定要好好生活，这是我们两个人共同的生命，如果随便挥霍的话，我不会原谅你。

黄雄合上信封。如果这是一场赛跑的话，我就是那个吹响黑哨的裁判，他想。他控制着自己不去想陈简溪的事，他把自己想象成一颗从枪膛中射出的子弹，没有退路也不能改变路径，每个人都有自己一定要去做的事，就算为它化身修罗也在所不惜。

在所不惜。

第一次见到那个女孩，是在舅舅的家里。母亲视若无物般从那东西旁经过，从来看也不看她一眼，就像她不存在一样。后来黄雄渐渐想明白，母亲不是看不见她，只是在有意识地忽略她的存在，她会灼伤母亲的眼睛。

那是一个铁笼子，里面躺着头赤身裸体的野兽，一个披散着头发的、脏兮兮的、姐姐。

他蹲在笼子前，隔着栅栏和她对视，她的眼神和他一样好奇。她似乎从来没有见过别的小孩，他伸出手，尝试触摸她。她嘴里咿咿呀呀，像是想要说些什么。

母亲将他抱开。

舅舅像是养狗一样饲养她，将剩饭剩菜倒在她的食盆里，她从来没有和他们一起吃过饭。和母亲的态度不一样，舅舅好像更加讨厌她，有时候什么事都没有发生，也会从笼子里把她拽出来，用皮带狠狠地抽打。

她哭着叫爸爸，舅舅是她的爸爸。但当她每次叫出这个称谓，舅舅就更加愤怒一些。他看见舅舅和她说话，舅舅说我不是你的爸爸，你是一头畜生，一条狗，我随时都可以把你丢出去。他说你要感恩，你知道吗？

渐渐地，黄雄发现了，她不需要做错什么，她的存在本身就是一个错误。她是一个秘密，在舅舅家住的日子里，黄雄从来没有见过舅舅让她出门，也没有见过外人来家里。

没有人知道她的存在。

妈妈和舅舅都不让他和她接触，但大人总有不在家的时候。每当舅舅出去打牌，妈妈也不在家的时候，他都会偷偷把她放出来。他们一起玩耍，黄雄很惊讶她不仅话说不利索，更不认识字，他偷偷地教她，她开心极了。

当她学会那两个字的时候,她忽然抱紧他的脑袋,嘴里反复念叨着"弟弟",那就像一句能让她开心的咒语。

舅舅一开始对黄雄很好,后来不了,每次打完牌回来心情都很不好。黄雄看见他和妈妈在客厅吵架,他不停向妈妈要钱。有一回,黄雄坐在一旁客厅看动画片,忽然就被舅舅拎起来,眼神恶狠狠的:"你是不是觉得很好笑?"

他不觉得很好笑。

舅舅解下皮带的时候,他闭上眼睛,却忽然感觉身上多了一股重量。他睁开眼,是姐姐,她抱着他的脑袋,哀求般地对舅舅说:"别打我弟弟。"

但她不能每次都保护他,于是她找到了更加有效的方法。每当舅舅准备动手打他的时候,姐姐就会用力地敲打笼子,发出噪声,将舅舅的怒火吸引向她。她看着黄雄,露出只有他们俩才明白的笑容,但在舅舅眼里,那是挑衅。

他九岁,姐姐十四岁的那一年,她从家里消失了。

他问舅舅,姐姐去了哪里,舅舅说她去自食其力了,让他不要再提起姐姐,尤其是向外人。他没有姐姐。这时他已经慢慢开始理解舅舅和母亲讨厌姐姐的理由,她是他们的罪,没有人愿意直视自己的罪。

等到他真正理解这件事的时候,他再次见到了姐姐。十年之后的姐姐,变得和以前不一样了,她变得很漂亮,也不那么瘦了。在姐姐工作的地方,她将他的脑袋揽入怀中,像小时候那样。

这时他才知道,他们给姐姐的,除了一身伤痕,还有颗千疮百孔的心。

姐姐,现在轮到我来保护你了。

他下定决心。

他走下楼梯,陈简溪恰好合上书本。他刚准备说自己在楼上看书,却发现她已经哭得泪流满面。"太感人了。"她翻开书页,朗读着上面的文字,"曾经发生过一件类似的事情,当时有一个男人为了保护深爱的女人,打算将所有罪名都揽到自己身上。但是因为我揭穿了真相,那个女人再也无法忍受良心上的谴责,最终导致男人的献身化为泡影……"

她说的是《嫌疑人X的献身》,东野圭吾在新书中提到了自己的旧作。黄雄按捺着心中的汹涌,他抬起手机看了看时间,现在是十一点五十分。他从茶几上拿起盛牛奶的杯子,走进厨房。

将剩下的牛奶倒进水池之后,他从冰箱中取出果汁,倒入杯子。虽然厨房和客厅在同一层,但陈简溪看不见他所站的位置,确认过这一点之后,他从口袋里掏出纸包,将提前研磨好的安眠药倒入杯中。

端着果汁走回客厅,陈简溪还在哭泣。端着杯子的手有些抖,他用另一只手握住它。"渴了吧,喝点东西。"当杯底和茶几碰上的那个瞬间,就再也没有回头的可能了,他想。

他将杯子放在茶几上。

陈简溪端起杯子。

"一个人为了另一个人而犯罪,这样的事真的会有吗?"陈简溪深深喝了一口果汁,她渴了。"小说里经常有这样的桥段,我无法想象。"

"有的。"黄雄说,"如果杀掉另一个人就可以挽救你的生命,我相信你爸爸也愿意去做这样的事。"

"我不会允许他为我杀人。"陈简溪若有所思地说,"夺走别人的生命,自己也会承担相应的代价。比起法律的制裁,那种如影随形的负罪感和恐惧才是最令人痛苦的。而且,被害者的家人也会很痛苦吧,说不定会产生仇恨,从而发生新的伤害……为了拯救一个人的生命,伤害这么多人,真的可以吗?"

"我……不知道。"黄雄转头看向窗外,花园中有一棵说不上名字的树。他假装对那棵树感兴趣。

"那是我爸爸栽的树,刚搬来这里时买的。他说要让这棵树陪着我一起长大……"说着说着,陈简溪声音越来越低,最终一头歪在靠枕上,睡着了。

她的睫毛像柄扇子盖在眼睑上,悠长的呼吸一起一伏。抱起她的时候,黄雄感觉自己抱着一根羽毛,她太轻了,随时都会飞走。

他戴着手套,单手抱着陈简溪,就像大人抱小孩的姿势。他用另一只手帮她握住刀架上的菜刀,将它抽出来,割破墙壁上的煤气管道。做完这一串动作以后,他将她轻轻地放在地板上,将刚才从书中取出的遗书放在橱柜上。

他关上厨房的门窗,退出门外,

在这个过程中,他必须不断进入厨房察看陈简溪的状态,确认她是否接近失去自主呼吸能力的程度。一氧化碳中毒的第一阶段症状是因缺氧带来的昏迷,但这不够。必须等到脑内的血氧数值降到最低,大脑丧失全部机能,达到脑死亡的程度,他才能以路人的身份拨打急救中心的电话。

这是个简陋的诡计，但他只需要短暂地欺骗警方，让这看起来不像一场谋杀。在临床上，脑死亡也是死亡的标准，但与死亡不同，脑死亡者的器官还在运作着，如果案件本身没有存疑的地方，她的心脏将拯救另一个人。

陈简溪还有一年，或许更久。姐姐没有，她等不起。从他得知这个事实的那一天开始，今天的事在他的脑袋里已演练过无数遍。

一分钟过去了，他拼了命地想着这些事。只要一想到里面沉睡的那个女孩，他就控制不住停止计划的冲动。他死死咬着牙关，双手按在身后的门板上，最后一步了，只差最后一步，他不停告诉自己。

他在知网上查阅过和煤气中毒事件相关的医学论文，对于什么样的煤气浓度和中毒时间能导致脑死亡却又不至于令人彻底死亡，他了解相对准确的数值。按照这个厨房的面积推算，十分钟。超过十分钟，那颗心脏就会停止跳动，不到十分钟，则有可能功亏一篑。

虽然他将救护车抵达现场的时间也纳入了考虑范围中，但这不意味着他的计划万无一失。这是一场豪赌，刀尖上的舞蹈。

就像在死神的面前反复横跳。

三分钟过去了，他捂紧口鼻，打算推开门的时候，一个声音打断了他的动作。

门铃响了。

在 C 城机场,黄雄落网。据说被捕时,他一点反抗都没有。C 城警方将他移交回宁城,没等到吴仕岚审问,他就交代了一切。

在母亲的住所里,因为一场争吵,他杀死了她。他确实早有预谋,这场争吵只是催化剂。他需要钱去供养那个妓女,他想和那个妓女结婚,这是母亲不能接受的事情,所以他杀死了她。

简简单单的陈述,一点反抗都没有。就差一句"赶快枪毙我,我就是万恶之源"。吴仕岚的心情很不好,他感觉自己正在被人玩弄。就像拼图做到最后一步,突然有人冲过来帮你把它拼好了,拼成他们自己想要的形状。

黄雄被抓捕之后,他交代了另一件事情。即使他不交代,这件事也会在之后的调查中被揭露。令吴仕岚惊讶的,是他的情绪反应。

在承认杀母的时候,他没有任何情绪波动,就像一个真正的反社会型人格的罪犯。但坦白这件事的时候,吴仕岚捕捉到了他脸上一闪而过的悲伤。他因尝试杀死那个女孩而悲伤。

吴仕岚注视着这个男孩,未脱稚气的脸庞,有一点婴儿肥,算不上帅气。再过几年,等埋在胶原蛋白下的棱角显露的时候,说不定会是个帅哥。但他等不到那时候了。

故意杀人和杀人未遂,至少两桩重罪。

"我们在煤气管道上找到了胶带,急救电话也是你打的,为什么?"吴仕岚开口,"为什么你要杀她,为什么又半途而废?"

"也许是良心发现了吧,我也说不清。"黄雄苦笑道。他挪了挪屁股,审讯室的强光灯打在他脸上,让他有些不适。

"不,或许我该问的,是你为什么要做她的家庭教师。晚上你是酒吧的男模,白天摇身一变成了被害者的家庭教师,真是转换自如啊。"

黄雄撇过头,不予作答。

"我们调查了这个女孩,她本身就是个绝症患者,活不过一年。我很好奇,你为什么千里迢迢跑到 C 城,更好奇你为什么要杀死这样一个人。"吴仕岚说,"我们调查了那个女孩,发现了一份器官捐献同意书,找到了她曾经接触过的一位先天性心脏病患者。真巧,那个人是我们的老朋友,更巧的是,她也来了 C 城。"

黄雄的视线移了回来,他的声音听起来有些疲倦。"那个女孩……陈简溪,他们有没有把她救回来?"

与此同时,与吴仕岚一壁之隔的另一间审讯室中。

身为狱警的陈嘉裕原本是不能参与到审讯工作中的,但他提出的建议为本案的侦破做出了重大贡献,所以被列为协助办案人员。吴仕岚在隔壁审问黄雄的同时,他负责对另一个人进行问话。

虽然被问话是早晚的事,但这个人是自己走进警局的。在黄雄被逮捕的第二天,她在 C 城自首,被移交回宁城警局。

她声称自己是杀死兰秀云的真正凶手。

"按照你的供述,你从 B 市来到宁城,在兰秀云的家里杀死了她,为什么?"陈嘉裕放在桌面下的小腿抖动着,这是他精神高度集中时的习惯性动作。他旋转着手上的中性笔,紧皱眉头,看着面前铺开的笔记本。

"要钱。"杨雯说。她自称杨雯,所以他们就叫她杨雯。她没有身份证，没人知道她的真名，总不能叫 Sally。"她说让我来一趟宁城，只要我同意不耽误她儿子的前程，她愿意给我一百万元。"

听起来倒是合乎情理。

"她邀请我去她家商谈，但聊到一半，她突然变卦了。她揪着我的头发骂我婊子，看那架势似乎恨不得杀死我，于是我推了她一把。"杨雯说。

"之后呢？"陈嘉裕在笔记本上写写画画着。

"当我意识到她已经死了的时候，我害怕极了。但尸体总不能丢在这里，我决定模仿电视剧里演的那样，将她分割成一个个小的尸块，分几趟带出去。我用她厨房里的菜刀，尝试着砍了几刀。"

"但你低估了分尸的难度。"陈嘉裕说。很多人以为分尸是件简单的事情，那是因为他们没有做过饭，只消剁过一次鸡肉，他们就会知道这件事到底有多难。"刀呢？"

"随手丢进河里了。"

"再然后呢？"

"我想到了黄雄，说不定他可以帮我。于是我打了他的电话，他在电话里告诉我，让我立刻离开现场，剩下的一切都交给他。于是我离开了宁城，后面的事我就不知道了。"

"你对他这么有信心？你杀了他妈，还指望他帮你擦屁股，你就不怕他直接报警？"

"他和他妈的关系一直不好，他跟我说过，他巴不得他妈死掉。再说，我也只有这条路可以走了。"

"可以理解。"陈嘉裕站起身，拿起桌上的笔记本。忽然，他像是临时想到了什么，补充问道："对了，你在卧室推倒兰秀云的时候,她的脑袋是磕在哪个位置?"

"我不记得了。"杨雯的表情有些疑惑,"好像是在靠窗墙边的地板上。"

"好的,谢谢。"陈嘉裕走出审讯室。

从审讯室出来之后,陈嘉裕与吴仕岚在走廊相遇。

"问出来了。"陈嘉裕对吴仕岚举起笔记本,"她不知道。"

兰秀云的死亡地点在她家的客厅,而不是卧室。根据之后尸体被搬运至卧室的床上这一点来看,这一点很可能只有凶手知道。陈嘉裕之所以让她把所有的供述都重复一遍,只是为了消除她的警惕性,抛出最后一个问题。

吴仕岚前往兰秀云和兰德志老家的前夜,曾接到过陈嘉裕的电话,在电话中,陈嘉裕提出的问题是:既然兰秀云的死已经隐瞒了半年,而黄雄潜逃在外,他甚至有可能跑到了海外——他为什么要给兰德志打那通电话?

在那通电话中,他告诉兰德志的是,自己和母亲即将回国。这几乎相当于将犯罪的事实和盘托出,引导兰德志去发现真相,为什么?难道是因为内疚吗?

基于这个违和之处,吴仕岚调查了兰德志的通信记录。结果是,黄雄不仅没有给他打过电话,也没有发过任何微信和短信。外甥回国的事是个谎言,兰德志欺骗了警方,引导警方发现尸体的不是黄雄,而是他。

他为什么要引导警方发现尸体?更重要的是,他为什么知道那里有一具尸体?现场所有的指纹都被擦得一干二净,又有谁能笃定他没有来过现场?

而在后续对兰德志的调查中，他获得了更多的信息。

在黄雄和杨雯接连被捕之后，吴仕岚逮捕了兰德志。现在，他确定自己有十足的把握让其招供。有时候他希望自己不是刑警，而是个普通人，一个能将拳头按在对方脸上的普通人。

这个男人所做的恶，即便是宽恕一切的神也不能原谅。

他对陈嘉裕点点头，只身走进审讯室。

"二十五年前，一对姐弟离开了他们家世代居住的下埠村。"他在兰德志的对面坐下，将炸弹抛入水面。兰德志表情有些震惊，似乎不知如何作答。

"女人的肚子里藏着他们的秘密。在宁城，一个小诊所里，他们将那个孩子生了下来，给了医生五百块封口费。"吴仕岚掏出烟，以往他会让审讯对象也抽一支，但这次没有。"那个孩子生下来之后，被放在男人家里抚养。之后，女人参加工作，又结了婚。

"男人像是对待畜生一样，用笼子圈养着那个孩子。直到她十四岁，把她赶出家门，为了维持生计，她做起了世界上最低贱的工作。走到这一步，男人还是没有放过她，她赚得不少，却攒不起自己的手术费，因为那个男人不停向她要钱，他不停地要，她不停地给。"

"够了。"兰德志大喊道，"这和你们抓我有什么关系？我犯了什么罪？"

"挺好，也算是节约了我的时间。你没有反驳自己干的恶心事。"吴仕岚咂巴着嘴，"女人的丈夫死后，她和弟弟又恢复了那种恶心的关系。这种关系一直维持到女人的孩子考上了B大，她动摇了,等到儿子拿到了全世界最好的大学offer,她身上那点可怜的母性终于觉醒了。

"为了儿子的前程,她决定和弟弟断绝关系,但她的弟弟并不乐意。对弟弟来说,姐姐不仅是泄欲的工具,更是他敛财的手段。在姐姐家,他情急之下将姐姐一把推倒——他杀死了姐姐。"

"够了!别说了!"兰德志大喊大叫着,被铐在桌上的双手疯狂挣扎,"你别说了……"

"杀死姐姐之后,他又想到了那个孩子,那是他的奴隶,她可以为他做出任何牺牲。于是,他命令那个孩子为他解决眼前的问题。"吴仕岚接着说,"那个孩子来了,替他分尸。

"原本以为姐姐已经变成了破碎的尸块,但当兰德志再次去姐姐家,他发现一切并不如自己所愿。他害怕了,害怕这具迟早会被人发现的尸体。

"他想到了那个孩子和外甥,这两个人似乎一夜之间消失了。他很聪明,想出了一个看似天衣无缝的计划,他决定将这项罪名转嫁到别人身上。"

"你没有证据。"这是兰德志最后的挣扎。

"那两个孩子就坐在隔壁,你想见见他们吗?"

他不再挣扎和大喊大叫了,真好。

接下来是认罪环节,吴仕岚走出审讯室。

关上门的瞬间,吴仕岚在裤腿上擦了擦手,他的手心早已湿透。杨雯并没有交代兰德志的事情,不知道出于什么理由,她直到现在还在保护着这个禽兽般的父亲。吴仕岚刚才说的一切,都只是他和陈嘉裕的推理。

实际上，参与这起谋杀的有三个人。

兰德志在杀死兰秀云之后，很有可能当场就离开了，将处理尸体的任务交给了杨雯。杨雯来到现场以后，发现自己没有分解尸体的能力，于是联系了远在 B 市的弟弟，让他帮忙处理尸体。

迷惑警方的线索还有一条，就是黄雄的电商平台购买记录。他的确购买过大量的活性炭和保鲜膜，这让警方一度认定他就是杀死兰秀云的凶手。但其实，他并不是。

真相已经水落石出，接下来的一切推论都可以用真相来作为基石。吴仕岚怀疑，他的确曾有过杀死母亲的念头，那四十七万元是杨雯的手术费，他很有可能和母亲交涉过，但没有得到结果。走投无路之下，他想出了杀死母亲，借对方名义借款的方案。

对他来说，真正的亲人只有这个姐姐。

只是没等他杀死兰秀云，兰德志就动手了。他将计就计，按照原计划借钱，筹措姐姐的手术费用。接下来只需要在 C 城杀死那个女孩，杨雯就能活下来。

在酒吧当男模，是为了和杨雯见面。他知道警方一定会盯紧杨雯，所以选择了这种见面的方式。杨雯的同行都有在酒吧点男模的习惯，警方不会在这里多费工夫。

他的姐姐生活在黑夜中，他也躲进了黑夜。

吴仕岚和陈嘉裕并肩走出警局，不知不觉间，天色已暗。

"去吃一碗扯面吧。"吴仕岚说，"我请客。"

杨雯是绝症患者，在定罪之后，她有申请保外就医的机会。

但根据她的病情来看,她恐怕很难坚持到那个时候了。当她提出要和吴仕岚见面的时候,他有些惊讶。

来到宁城看守所时,陈嘉裕在门口等他。"她和我有什么好说的?"吴仕岚摸摸鼻子。

"我哪儿知道啊,说不定因为你长得好看。"陈嘉裕打趣道,"其实我还有件不解之事,兰德志这样对待她,她为什么还对他言听计从。"

"在黄雄后来的描述中,你也能看到兰德志对待她的方式吧?"吴仕岚说,"他管她叫畜生,叫狗。在她小的时候,他抹杀了她的全部价值,然后用一种极为强势的方法去控制她。我想,这种控制已经形成了惯性,所以杨雯才会坚持保护他到最后。"

"他可能到死都不会相信,不是杨雯把他供出来的。"

吴仕岚笑笑,走进探视间。

杨雯在玻璃窗后面坐着,穿着一身干净的囚服。吴仕岚打量着她,隐隐感觉她和上次见面有什么不同,某种东西正从她的身上飞速流逝。

"对不起,临时叫你过来。我也想不到别人了。"

"没关系,有什么事情吗?"

"有一件事,但请你不要告诉我弟弟。"杨雯低下头,然后很快抬起来,"麻烦你帮我联系一下医院和那个女孩的家长,我快要死了,死了就来不及了。把我的骨髓给她。"

"嗯,我会帮你转达的。"

"那么,谢谢你了。"

图书在版编目（CIP）数据

消失的罪行 / 武士零著 . -- 北京：新星出版社，2021.1
ISBN 978-7-5133-4244-5

Ⅰ.①消… Ⅱ.①武… Ⅲ.①中篇小说-小说集-中国-当代 Ⅳ.①I247.5

中国版本图书馆 CIP 数据核字（2020）第 222310 号

消失的罪行

武士零 著

责任编辑：王　萌
责任校对：刘　义
责任印制：李珊珊
装帧设计：人马艺术设计·储平

出版发行：新星出版社
出 版 人：马汝军
社　　址：北京市西城区车公庄大街丙3号楼　　　100044
网　　址：www.newstarpress.com
电　　话：010-88310888
传　　真：010-65270449
法律顾问：北京市岳成律师事务所

读者服务：010-88310811　　service@newstarpress.com
邮购地址：北京市西城区车公庄大街丙3号楼　　100044

印　　刷：北京天恒嘉业印刷有限公司
开　　本：910mm×1230mm　　1/32
印　　张：8.375
字　　数：130千字
版　　次：2021年1月第一版　2021年1月第一次印刷
书　　号：ISBN 978-7-5133-4244-5
定　　价：42.00元

版权专有，侵权必究；如有质量问题，请与印刷厂联系调换。